ラルーナ文庫

狼皇太子は子守り騎士を後宮で愛でる

滝沢 晴

JN105167

三交社

CONTENTS

Illustration

kivvi

狼皇太子は子守り騎士を後宮で愛《め》でる

本作品はフィクションです。
実際の人物・団体・事件などにはいっさい関係ありません。

【1】狼《おおかみ》皇太子と偽の花嫁

大理石の床にひざまずくと、慣れない大ぶりの耳飾りがシャラと揺れた。

嫁入り衣装の裾《すそ》が床に広がって、純白の円を描く。地元の郡主があつらえたこの衣の下に、柔らかな乙女ではなく、男の身体《からだ》が隠れていようとは誰《だれ》も想像していないだろう――とユスフは心の中で自嘲《じちょう》した。

「面を上げよ」

低い声が降ってくる。

本来なら、騎士団に入ったばかりの自分には同じ空気を吸うことすら許されない相手――オスマネク帝国、レヴェント皇太子の声だ。広大な領土と軍事力を持ち、文明の進んだ近隣諸国も恐れをなす国の、未来の皇帝――。

ユスフはからからに渇いた口をきゅっと引き結んで、顔を上げた。

顔は薄いヴェールで隠されているので、あちらからははっきりとは見えないだろう。しかし、ユスフからは彼の姿がよく見えた。

「――っ」

容姿だけは国内随一、と言われるその佇《たたず》まいに、ユスフは息を詰まらせた。

横にゆったりと編み込んだ長い銀髪が揺れて光を反射し、褐色肌の顔には、切れ長の瞳《ひとみ》が均整を保って並ぶ。瞳孔《どうこう》を除いて瞳は金色で、肌とのコントラストを強調した。椅子《いす》に腰かけて組まれた脚は、長上衣カフタンに隠れているものの、その長さを見るに上背もかなりあるようだ。

ただ、レヴェント皇太子にはユスフとは大きく違う点があった。

側頭では頭髪と同色の三角耳がぴくりと動き、背後では豊かな被毛の尻尾《しっぽ》がゆったりと揺れているのだ。

彼は獣人であり、なかでも権力の強い一族——狼獣人だった。

このオスマネク帝国は、彼ら狼獣人一族が統治している。

多種多様な獣人が暮らし、ユスフのように獣の血が混じっていない人間族は一割にも満たないと言われている。身体能力も体格も獣人には劣り数も少ないことから、帝国内での人間は立場が弱く下層の者が多かった。

そんな人間が、宮殿で皇太子に謁見するなど天地がひっくり返ってもあり得ない。

このように、花嫁に化けて接近する以外は——。

「そなた、ミネと言ったか。二十歳《はたち》だったな」

本当は二十三歳だが、今は三つ下の妹ミネのふりをしている。

ユスフはこくこくとうなずいて肯定した。声は低くはないが女性ほどではないので、返事をすれば男だとばれてしまうからだ。

ばち、と視線が合い、金色の瞳がユスフを射貫《いぬ》く。背中から冷たい汗が噴き出した。偽計を見透かされそうで、慌てて目を伏せる。

同時に、自分の行いの罪深さを実感する。〝馬鹿正直〟などとからかわれるほど嘘《うそ》のつけないユスフが、生まれて初めて嘘をついた相手が皇太子殿下になろうとは――。

花嫁の兄だとばれないうちに、この皇太子に喰《く》い殺される必要があった。

(噂《うわさ》では〝花嫁喰い〟で有名な皇太子だが公言はしていない。おれを食い殺して男だと分かったとしても、体面に関《かか》わるだろうから表沙汰《おもてざた》にできないはずだ……)

レヴェントは片手を挙げて、謁見の間に控える側近――多くは狼獣人のようだが、中にはリス獣人や猫獣人もいた――をすべて下がらせた。

部屋にはレヴェントと二人きり。

彼は座り心地のよさそうな椅子から立ち上がり、ゆっくりと階段を下りてくる。

(そうか、食事は人に見られないようにするのか)

レヴェントがそばで屈《かが》み、長い指でユスフの顎《あご》を上向かせる。突然、丸かった指の爪《つめ》がぎゅっと鋭利に尖《とが》った。人の喉《のど》くらい簡単に切り裂けそうだ。

「顔は、悪くないが……」

二人きりになった部屋で、ヴェール越しに見つめられる。レヴェントが自身の膝《ひざ》に肘《ひじ》を置いて、頬杖《ほおづえ》をついた。

「なぜ男が花嫁衣装を着ているんだ？」

終わった――と全身の血の気が引いた。

顔はミネに似ているし、長い髪のかつらだって被《かぶ》っている。背格好だって体格だって、このゆったりとした花嫁衣装なら、すぐにはばれないと思っていたのに。

「狼の鼻は人間の個体を嗅《か》ぎ分けられる。雌雄など離れていても分かるぞ。しかしそなた――良い匂《にお》いだな」

細められた金目は、三日月のようだった。

＋＋＋

城下町の最南端にある人間集落の孤児院に、皇太子の使いがやってきたのは先月のことだった。

「レヴェント皇太子殿下のもとに妹を？」

年季の入った応接間で、ユスフは声を上擦らせた。この孤児院で保育婦として働く妹のミネを、宮殿の皇太子のもとに出仕させよという命が下ったのだ。

「そうじゃ、早急に出仕してほしいとのことじゃ」

皇太子の使いと名乗ったタヌキ獣人のイーキンが、書簡を広げてうなずいた。

「しかし、出仕って……」

皇族や貴族に女性が出仕する、とは表向きは雇用だが、その実、身分の低い女性を妾《めかけ》にするための大義名分に使われることが多い。それでも、皇太子の使いは「出仕は出仕じゃ」と言うだけだった。

期間を尋ねるが、皇太子がよいというまでという曖昧《あいまい》なものだった。

隣に座る妹の手を握る。ひんやりと冷たく、震えていた。

無理もない、ミネは来春レンガ職人の幼なじみと結婚が決まっているのだ。

「お兄ちゃん、どうしよう。どうして私なの……逆らったら不敬罪になるのかしら」

使いのイーキンを見送った直後、ミネはユスフに抱きついてきた。自分とそっくりの顔で鳶色《とびいろ》の瞳を潤ませる。

「そんなことにはさせないよ、郡主さまに相談してみよう。きっと何かいい断り方を考えてくださるよ」

ユスフはミネを抱きしめて、背中をさすってやった。

この孤児院で一緒に育った、たった一人の血縁。どんなにつらいときも、二人で支え合って生きてきた。

孤児院から自立し、きょうだいで家を借りて暮らし始めたあとも、ミネはそのまま孤児院で保育婦として働いたが、ユスフは、町工場で働きながら騎士団への入団を目指し鍛錬を積んだ。

今春ようやく採用されたが、まだ見習い。基礎鍛錬にいそしんだり、騎士団の暗号となる指文字などを習ったりしていた。

獣人ばかりの騎士団で、ユスフのような人間の採用は珍しかった。

というのも、まず人間は体格的に不利なのだ。人間男性の体格は獣人女性と同程度。屈強な騎士団の男性獣人は、ひときわ大きく力も速さも別格だ。これまでもまれに人間が採用されたが獣人との圧倒的な差に打ちひしがれ、長く続かないことが多かったという。

しかも、この数年は領土拡大や防衛のための戦が膠着《こうちゃく》もしくは撤退することが増えているせいで、騎士団内も「即戦力以外はごめんだ」というピリピリとした空気が漂っている。皇族の護衛が騎士の役目。戦の劣勢で、皇族の身の危険も高まるからだ。

決して歓迎されていない中で、ユスフは、なんとか一人前になりたいと意気込んでいたところだった。

出仕話を断るために頼ろうとした郡主は、ユスフとミネの話を聞く前からお祭り騒ぎをしていた。

「我が土地から皇太子に輿入《こしい》れができるとは！」

ぜひ花嫁衣装は作らせてくれ、などと手を握られる。ミネが稼いでも孤児院の運営が困らないようにしよう、ともう輿入れが決まったかのような言い分だった。

ユフスは、ミネの結婚が決まっていることを打ち明けた。出仕を断れないか打診すると、郡主の顔色が変わる。

「そんなことをしたら、この郡一体が粛正されるではないか」

まさか、とは思ったが、実際に皇太子の噂はよくないものばかりなので、否定もできなかった。

二十六歳にもなるのに放蕩三昧《ほうとうざんまい》。好戦的で戦の先頭には喜んで立ち功績も挙げてきたが、それ以外の政務はほとんど取り合わず第二皇子任せ。さらには、多くの皇族が後宮に妻を迎え入れているのに、容姿は国一番と謳《うた》われながら寵妃《ちょうひ》は一人もいない――と。

後宮に寵妃がいない理由は、一晩過ごした相手を食べる〝花嫁喰い〟をしているからだと言われていた。

獣人の中でも凶暴な肉食獣である狼獣人には大昔、草食獣人や人間を妻という名目で迎え入れて食す習慣があった。それが、花嫁喰いだ。

今では廃れたが、放蕩者で好戦的な皇太子ならやりかねない。そして一度〝花嫁喰い〟をした者は、味が忘れられずに繰り返すとも言われていた。

「郡主さまは妹が喰われてもいいとおっしゃるんですか！」

激高するユスフに、郡主は静かに告げた。

「皇太子への輿入れは名誉なことだ。一方でそれを断れば、この地域一帯の住民の命が脅かされる。私は郡主だ。命を天秤《てんびん》にかけたとき、多くの命が救われるほうを選ばなければならないのだ」

（たった一人の命など、簡単に切り捨てるということか！）

額に血管を浮かべるユスフの横で、ミネは押し黙っていた。

自宅に連れ帰ると、ミネはすっきりした顔をしていた。

「お兄ちゃん、ありがとう。これも運命だと思うの。明日、イブラヒムにはお別れを言ってくるわ。孤児院の子どもたちのことも、よろしくね」

イブラヒムとは、結婚の約束をしているレンガ職人だ。幼なじみで、たくさんすれ違いながらもミネが一途《いちず》に想い続けた相手だった。出身が孤児院ということもあってイブラヒムの家族にいい顔をされていなかったのだが、二人の真剣な説得でついに結婚の許可をもらったのだ。

そんな幸せを摑《つか》む直前の出仕命令――。もっと泣きわめいてもいいはずなのに、ミネはこの短時間で、自分の役割を受け入れていた。

ユスフが三歳、ミネが生後半年のとき、両親が相次いで病死し、きょうだいで孤児院にやってきた。親のぬくもりをわずかでも覚えているユスフと違って、ミネは全く親を知らない。そんな妹を不憫《ふびん》に思い、ユスフは何があっても妹を守ると胸に誓った。

裕福な家の子どもからいじめを受けても、みんなが持っている学問の道具を自分たちだけ持っていなくても、心だけは荒《すさ》むまいと、妹と手を取り合って生きてきた。

特に妹は頑張り屋だった。どんなみじめな思いをしても笑顔を絶やさず、ときには年下の子をかばって喧嘩《けんか》だってしてみせた。みんなから好かれ、愛された。だから幸せになる権利があった。皇族に喰われるために生まれてきたのではない、好きな相手と結ばれて、今度こそ温かな家庭で笑顔を絶やさずに暮らすべきだ――。

ユスフは妹を抱きしめた。嚙《か》んだ下唇がピリッと痛む。

「お前の幸せがおれの幸せなんだ。命をかけても兄ちゃんがお前の幸せを守るよ」

「だめよお兄ちゃん、せっかく念願の騎士になれたんじゃない。お兄ちゃんはこれからじゃない」

お前だってこれからじゃないか、と唇を嚙む。

ミネを守りたいと思ったから、騎士を目指したというのに。

ユスフが十四歳、ミネが十一歳のとき、孤児院の子ども数人を連れて水辺遊びに行った。そこに現れたのは、いるはずのない隣国の夜盗だった。子どもたちを奴隷商に売り飛ばそうと襲いかかってきたのだ。

ミネが子どもを逃がし、草むらに隠しているうちに、ユスフは野盗たちの前に両手を広げて立ちはだかった。

『小さい子たちには手を出さないでくれ！　でないと全員で自害する。子どもだと思ってバカにするなよ、死に方だってみんな知ってるんだ』

全員死なれるよりは、と野盗たちはそれを受け入れてユスフを連れていこうとした。草むらから、お兄ちゃん、とミネが飛び出る。

『女もいるじゃねえか、連れていけ』

『妹はだめだ、おれが行く、おれだけを連れていってくれ！　なんでもする、お願いだ』

『お兄ちゃんが行くなら、あたしも行く！』

〝小さい子たち〟には手を出さない、という約束だからミネはいいのだと野盗たちは下品な笑みを浮かべて、きょうだいを拘束した。

『顔のいいきょうだいだ、二人まとめて高くで売れるぞ』

野盗がナイフの側面でユスフの頬をなぞった瞬間、背後から「ぐぇ」という声が聞こえた。振り向くと野盗の半数である三人が草むらに倒れていた。

その奥では、鹿毛《かげ》の馬に乗った男が長い半月刀を振り下ろし、血払いをしていた。ローブのフードを目深に被っていて容姿はよく分からなかったが、男はあっという間に六名を切り捨て、ユスフたちを振り返る。

その立ち回りの美しさと疾《はや》さに、状況を忘れて見惚《みと》れていたユスフは、ミネとともに頭を撫《な》でられて我に返る。

『弱き者を守るために自分を犠牲にできるとは。頭が下がるよ、君たちを見習おう』

ユスフははっとして、こう言った。

『弱いから守りたいんじゃない、大切だから守らなきゃって思ったんです……でもおれだけじゃ妹は守れなかった。助けていただきありがとうございました』

目深に被ったフードから「ほう」と小さく感嘆の声が漏れる。

『なおさら感心だ。親はどこだ？　日が暮れる前にお帰り』

ユスフは深々と頭を下げた。

『親はいません。おれたちみなしごで、子どもだけで遊びに来ました』

そうか、と青年は深くうなずいた。

馬に乗っていて武術に長《た》けている――もしかして、とユスフは思い切って尋ねた。

『あの、あなたは騎士さまですか？』

『……騎士？　ああ、そうだな』

『お、おれも騎士になったら、あなたのように強くなって妹を守れますか』

『なれるよ。騎士になればまた会う機会もあるだろう、待っている』

男は名乗らないまま、馬頭を城下町に向けて走らせた。

『疾風《かぜ》みたいな人だね……』

ミネが見送りながらぽつりと言った。

草むらに隠れるよう指示していた年下の子どもたちが、ワーッと泣きじゃくりながら抱きついてくる。「もう大丈夫だよ」とあやし、男の指示通り、日が暮れる前に孤児院に帰り着いたのだった。

その数日後、大勢の騎士がその水辺一帯に捜索に入り、先日の残党まで駆逐した、と近所の大人が教えてくれた。

季節が変わるころ、安心して遊べるようになった水辺で、ミネはその騎士と再会した。騎士はミネに大袋を渡した。中にはお菓子やおもちゃがたくさん詰められていて、一緒にいた女児たちと大喜びで担いで帰ってきた。

ユスフもその水辺に何度か出向いたが、やはり再会は叶《かな》わなかった。代わりに、大袋に入っていた木刀を握って、毎日振った。

昔のことを思い出していたのか、ミネは懐かしそうに言った。

「あの騎士さまみたいになりたいんでしょう？　お兄ちゃんはちゃんと自分の夢を叶えなきゃ。また会おうって約束したじゃない」

騎士団には千人以上いる。容姿も、声から青年ということくらいしか分からない。それらしい年齢の団員をしらみつぶしに探そうと思っていたところだったが――。

「夢なんかどうでもいいんだ、お前が生きてなきゃ意味がない。あの日お前を自力で助けられなかったおれに、挽回の機会をくれ」

「挽回？　お兄ちゃん……？」

「幸せになるんだぞ」

ユスフはミネをそっと抱き寄せると、彼女の首にトンと手刀を入れて気絶させた。

そのまま担いでイブラヒムのもとへ連れていった。しばらく彼女をかくまってもらうために。イブラヒムには「当面の間、ミネを表に出すな」とだけ伝えて事情を明かさなかった。


十日後、ユスフは郡主があつらえた花嫁衣装を纏《まと》い、鏡に向かって唇に紅をさしていた。

ユスフは、鏡を指でなぞった。妹とはもともとよく顔が似ているが、化粧をするとうり二つだ。

「ミネは、国一番の幸せな花嫁になるんだよ」

見届けることのできない妹の結婚式を思い浮かべ、鏡の中の花嫁に別れを告げた。

この中性的な顔が、騎士を目指すユスフにとっては悩みの種だったが、こうして花嫁に化けるとなると役立った。宮殿側の獣人たちはミネの顔をよく知らない。そこに、ミネそっくりの人間がいたとしても見分けはつかないはずだ。ヴェールで顔を隠せばなおさらだ。

皇太子の迎えの馬車が自宅の前で止まる。ユスフは花嫁衣装の裾を持ち上げて、ゆっくりと家を出た。書簡で「唯一の親族である兄は病に伏せっている」と伝え、見送りがなくとも疑われないようにした。所属する騎士団にも、しばらく休むと連絡を入れた。そのうち行方不明者として名簿から消されるだろう。

皇太子の使い――タヌキ獣人のイーキンに促されて乗り込んだ馬車は、ゆっくりと走り出した。郡主の屋敷の前を通ると、たくさんの役人が歓声を上げて見送りをしていた。祝っているというより、戦地に行く兵士を送り出しているような興奮だ。

孤児院の前では、乗っている花嫁がミネだと思っている子どもたちが、泣きながら手を振っている。親のいない彼らにとって母親のようなものなのだ、別れもつらいだろう。彼らのためにも、自分が身代わりになって正解だとユスフは思った。

家の祭壇にひっそりと置いてきた遺書を思い出す。

このはかりごとはすべて一人で計画したことや、ほとぼりが冷めたらミネが孤児院で再び働けるようにしてほしいという願いを書き込んだ。さすがの皇太子も、喰い殺したり不敬罪で処刑したりした人間の妹を、再び花嫁に迎えようとは思わないだろう。ユスフの罪がどれほどミネに影響するかは分からないが、喰われるよりはましだ。

当のミネは兄の死を自分のせいだと嘆くだろう。

しかし、ユスフは願った。時間をかけてでもその死を乗り超えて、夢を叶えてほしいと。

幼いころ、きょうだいでこっそりのぞいた隣家の晩餐《ばんさん》。子どもと両親、そして祖父母が笑顔で食事を囲むあの温かな光景――愛のあふれる家庭を築くことがミネの夢なのだ。

＋＋＋

皇太子に男であることが知られてしまったユスフは、観念してヴェールとともにかつらを脱ぎ、短い髪の頭を床に擦《こす》りつけた。

「オスマネク帝国騎士団に今春入団しましたユスフと申します。妹に扮《ふん》してやってまいりました。皇太子殿下を謀《たばか》った罪が許されるとは思っておりませんが、どうか妹の代わりにおれを食べてくださいませんか」

男の肉などうまくないだろうとは想像がつくが、もうユスフが願うことができるのはそれだけだった。

「妹は来春結婚いたします、どうか妹のことは、お許しくださいませ……！」

必死に請うが、レヴェントからは「ふむ」と思案するような声しか聞こえない。

「出仕命令を出したのに、なぜ花嫁のような格好でやってきたのか不思議だったが……そういうことか」

えっ、と思わず声を上げてしまう。

「事実上の輿入れ……だと……その、聞きまして……」

「『喰ってくれ』ということは、妹が〝花嫁喰い〟に遭うと思って身代わりとしてやってきたのだな」

ユスフは素直にうなずいた。

突如、高らかな笑い声が謁見の間に響く。声に合わせて三角の耳がピクピクと上下した。

「おれ、何かおかしいことを申しましたでしょうか」

「いや、そうだな。私は皇族一のうつけ者だからな、そんな噂もあるだろうな」

まるで濡《ぬ》れ衣《ぎぬ》かのような言い方だ。

レヴェントは片手を挙げて、奥の部屋に控えていたタヌキ獣人の従者に指示を出す。

「イーキン、連れてきてくれ」

まもなくイーキンに抱かれてやってきたのは、ふわふわとした金髪の男児だった。三歳くらいだろうか、耳も尻尾もないので人間のようだ。緊張した面持ちで、ひざまずいているユスフを見下ろす男児は、宝石のような紫の瞳をぱちぱちと大きく瞬《まばた》きさせた。

男児はイーキンの腕から床に下りると、短い足でトットコと走りレヴェントの背後に隠れた。銀色の尻尾がなだめるように男児の頭をまふまふと撫でる。

「息子のルウだ」

レヴェントが堂々と息子だと宣言しているが、どう見ても獣人ではない。分からずに言葉を失っていると、説明が続いた。

「見ての通り人間だ。戦場で見つけ養子とした、おそらく奴隷商に捨てられたのだろう」

奴隷特有の番号札をつけていたルウは、発見当時、流行病《はやりやまい》にかかっていた。他の奴隷に感染する前に放り出されたようだ。

戦場は奴隷商の〝狩り場〟でもある。焼け出された敵国の民をさらい、売りさばくのだ。これを帝国は認めていないが、戦乱にまぎれて巧妙に動くため摘発も簡単ではない。

つまり、奴隷のみなしごを拾ってレヴェントは我が子としたのだ。

(そんなことがあるのか……?)

ユスフは目を剝《む》いた。

獣人たちにとって人間は蔑《さげす》みの対象であることが多い。獣人の頂点に立つような人物が、人間を我が子とするなど、これまでのユスフの経験では考えられないことだった。

そんなユスフの視線も気にせず、イーキンが説明する。

「宮殿には人間を育てたことのある乳母がいない。そのため、お前――いやお前の妹が必要だったのじゃ」

城下町にある人間の孤児院は、ミネが保育婦として働いているあの施設だけ。そのため出仕の話が出たのだ——と。

「では輿入れではなく、本当に出仕して仕事をせよと……」

小柄なイーキンは、かわいらしい顔をしかめて語気を強めた。

「そう申したではないか！」

確かに言った、『出仕は出仕だ』と。しかし自分もミネも郡主も、地元の誰もがそれは建前であり、さらには〝花嫁喰い〟なのだと信じてやまなかった。

ユスフはゴツ、と大理石の床に頭を打ちつけてひれ伏した。

「も……申し訳ありません！　おれ……おれ……とんだご無礼を……！」

この場で首を切られてもおかしくない、と分かっていた。

皇太子を謀っただけでなく、人間を喰う蛮人だと決めつけていたのだ。さらにユスフが身代わりとしてやってきたことで、ルウという男児に必要な乳母も手配し損ねたのだから。

「ふむ……妹のために身を投げ出すその精神、さすが騎士団に選ばれただけのことはある」

「皇太子殿下、感心している場合ですか。この者は不敬罪で処刑し、すぐにでも妹を」

顎を撫でるレヴェントに、イーキンが目の周りをより黒くして進言する。

レヴェントが片手を挙げてそれを制した。

「謀ったことはよいのだ。私が帝国一の放蕩者、うつけ者であることは周知の事実。出仕が〝花嫁喰い〟だと誤解されても不思議はない。それに――

レヴェントは、ひれ伏すユスフの半身を起こし、耳元でこうささやいた。

「私も嘘つきだからな」

瞠目《どうもく》して声のするほうを振り向くと、目の前にレヴェントの顔があった。

金色だと思っていた瞳は、黒い瞳孔の周辺だけ薄青で、真っ黒な太陽が力をみなぎらせているように見えた。その目を縁取るまつげが、瞬きとともに白鳥の羽のように動いた。

帝国一と謳われるその美貌《びぼう》を前にしては、死を覚悟していたユスフでさえ胸を高鳴らせてしまう。

しかし、嘘つきとは――。

そう問う間もなく、臀部《でんぶ》にまふっと何かがまとわりついた。

びくっと身体を硬直させ、ゆっくりと振り向くと、臀部に金髪の男児が抱きついていた。

「おしり、しっぽない」

レヴェント皇太子が養子にしたルウだ。ルウは自分の放った言葉が面白かったのか、キャッキャと声を上げてユスフの尻《しり》に再び抱きついた。

「し、尻……？」

ユスフがどうしたらいいのか分からずにいると、イーキンが声を震わせていた。

「ル、ルウさまが、おしゃべりになった……」

「……ほう」

ユスフの目の前にいるレヴェントも、感心したように口の端を引き上げる。

ルウはてこてこと歩いてユスフの前に回り、顔を近づけてきた。ぶるるるる、と突然馬のように唇を震わせて音を出し、「わ」と驚いたユスフを見てまたキャッキャと笑った。

その様子に、イーキンが感心していた。

「殿下に保護されて以降、初めて出会う人間ですから刺激されたのでしょうね」

聞けば、ルウは拾われてから一度も言葉を発していなかったのだという。

「人間は鼻があまり利かないと聞いていたが、同族のことは本能で分かるのだろうな」

レヴェントに頭を撫でられて満足そうにしたルウは、ユスフの膝にどすっと腰を下ろし、キョロキョロとあたりを見回した。

「何をしているのだ？」

レヴェントの問いに、ユスフがおずおずと答えた。

「おそらく……話し合いに自分も参加しているつもりになっていらっしゃるのかと」

孤児院の子どもたちが、まさにこんな行動をしていた。大人が真面目《まじめ》に話し合っているところにやってきて、まるで自分もその一員かのような顔をするのだ。

ぴょこっとレヴェントの耳が動く。

「ユスフ。そなた、子どもが？」

「いえ、妻も子もおりませんが、十五歳まで孤児院で育ちましたので、年下の面倒は見ておりました。その子らの様子に似ていたので……差し出がましいことを申しました」

「そうか、孤児院にいたのか」

レヴェントはなぜか安堵《あんど》したようにうなずく。

そして、うーむ、とわざとらしく唸《うな》り「よし！」と立ち上がった。

「イーキン、この者の後宮入りの準備を」

へっ、と声を上げたのはユスフだけではなかった。側近のイーキンは、頭から帽子が落ちてしまうほどの驚きようだ。

「あの、おれは処刑では……」

「過去に皇族を謀った罪で処刑されてきた者もいるが、私は放蕩の皇太子だからな、前例など踏襲しない。不問とする。もちろん妹にも干渉しないと約束しよう」

ユスフは床にひれ伏そうとしたが、膝にルウが乗っているので叶わない。

なんと温情のあるお方だろうか、騎士団に戻れたら身命を賭《と》してお守りしよう――など
と胸に誓いかけたところで「その代わり」という言葉が降ってきた。

「せっかく花嫁衣装で来てくれたのだ。私の側室となり、ルウを育ててもらう」

イーキンが悲鳴に近い声で「殿下！」と叫んでいる。

「そ、側室と申しますと……しかし……おれは男ですので……」

「男ならより好都合だ、私に惚《ほ》れることはあるまい。後宮では私と相思相愛の演技をしてもらうがな」

　後宮、演技、相思相愛……と言葉は知っていても理解が追いつかず目を回していると、レヴェントの長い指がユスフの顎を持ち上げた。

「それとも……今ここで私に〝花嫁喰い〟されたいか？　人間を喰ったことはないがお前はうまそうだ、いい匂いがする」

　ちくりと喉に触れたのは、再び鋭利に伸びた爪だった。さっと顔から血の気が引く。

「い……いえ……そんな」

　いつのまにか爪が形を変えて、人のように丸みを帯びる。

　帝国一の美貌をたずさえた皇太子が、太陽のように笑って信じられないことを口にする。

「なに、騎士の任務だと思えばいい。後宮で子育てしながら、私と睦《むつ》み合う簡単な任務だ」

　ルウは自分が話題になったことが分かったのか、ぱちぱちと拍手をしている。

「ほら、ルウも賛成だそうだ」

　何が「ほら」なのだ、と思いつつ奥にいるイーキンに視線で助けを求める。

　そのタヌキ獣人・イーキンは、目の周りを真っ黒にして「後宮に……男の……花嫁……」と白目を剝いていた。

謁見の間から応接用の部屋に移動すると、レヴェントの着替えを待っている間に、ぷりぷりと怒ったイーキンが後宮の仕組みを教えてくれた。

宮殿と白い橋でつながっている後宮には、皇族の寵妃たちが生活している。

男子皇族それぞれに正室が一人、側室が複数人いることが多い。さらに後宮の外にも妾と呼ばれる女性たちがいて、正式な妃ではないものの皇族に囲われて暮らしている。

その妃たちにも、主人の位などによって序列があり、現在の最高位は皇帝の正妃――つまり皇后だ。次いで皇帝の側室、皇太子の正妃――となるはずが、レヴェント皇太子だけは、これまでに一人も妃を迎えていないのだという。

外で遊び歩き責任を持たないろくでなし――などの噂も流れ、うつけ者、放蕩者と印象づける一因となっているのだとか。

「その待望のお妃が、まさか男だとは……前代未聞じゃ……」

イーキンがこめかみを押さえてため息をつく。本来、後宮には皇族と妃の後見人以外の男は足を踏み入れてはならず、一方の後宮の寵妃たちも宮殿に渡ることは禁じられているのだという。

「本当におれが後宮で暮らすんですか？　ルウさまを育てるなら、別のお屋敷ではだめでしょうか。男が入るとなるとお妃さまたちが不安になるのでは」

「私も後宮でなくとも、とは思っておる。殿下は何をお考えなのやら……」

ユスフとイーキンの会話に、低い声が割って入る。

「虫よけだよ、虫よけ」

近衛兵が開けた扉から、軽装に着替えたレヴェントが入ってきた。女官たちをぞろぞろと引き連れて。彼女たちはたくさんの反物や道具箱のようなものを抱えている。

「今からそなたの後宮入りの支度を調える」

本来なら、後宮入りする際は妃の親や後見人が衣装や宝飾品、調度品を準備するが、騎士団入りしたとはいえ庶民であるユスフにはそれが叶わない。

お針子たちがわらわらとユスフに集まり、郡主が用意した花嫁衣装を脱がしていく。

「う、うわ、自分で脱げますから」

「本職に任せておけ……ふむ、しかしさすが騎士。我々獣人から見ると多少は貧弱だが、人間にしてはよく絞れているな」

薄着の上下になったユスフを、レヴェントがぶしつけにじろじろと観察する。何かを思いついたようで、女官やお針子たちにあれやこれやと指示していた。

「服の基礎は男物とし、後宮の妃たちに劣らぬよう華やかな意匠にしてくれ。動きやすさも重視するように」

レヴェントはてきぱきと指図しつつ、ユスフのぱさついた髪を一房つまんだ。

「見た目は悪くないが栄養状態はあまりよくないな？　髪や肌も念入りに手入れしてくれ。この髪には宝石が映えそうだな」

あんぐりと口を開けたまま、ユスフはお針子たちに採寸される。

足下にとことことルウがやってきて、すとんと腰を下ろした。持っていた革袋をひっくり返して、一個ずつユスフの足下に何かを並べていく。

「ルウ？　何をしているのだ？」

レヴェントの問いかけに笑みだけで答えると、ユスフを見上げて両手を広げた。

「すきなの、どれ？」

気に入ったものを選べということらしい。ユスフは屈み込んで即席市をのぞき込む。翡翠《ひすい》の飾り玉、極彩色の鳥の羽……などおそらくどれもルウの宝物だ。

「ひとつ、おれにくださるのですか？」

「どーじょ」

ユスフは胸がほっこりと温かくなり、自分が皇族を謀った身であることを忘れ、思わず笑みがこぼれた。

「お優しいのですね、ルウさま。おれはこれが好きです、温かみがあって」

他の宝物に比べると出来は見劣りするが、動物をかたどった木のおもちゃだった。

「まるまると太ったかわいい犬ですね」

「それぼくの。ほかのやる」

　ではなぜ並べた、と思いつつ、花の折り紙をもらった。

　女官やお針子が退室し、レヴェント親子とイーキン、そしてユスフの四人になると、レヴェントは今後の予定を話した。

「総出で作らせるので、衣装は明後日には揃《そろ》うだろう。後宮入りは三日後だ」

　花嫁衣装を脱ぎ、化粧を落としたユスフは、男物の軽装――とはいえユスフの普段着より何十倍も上等だが――で膝をついた。

「殿下を謀った罪人の身でお尋ねするのは恐縮ですが……ルウさまを育てる役なのに後宮に入る必要があるのでしょうか」

　ある、とレヴェントがうなずく。

「縁談が舞い込んで仕方がないのだ。一人も妃がいないために、高官や貴族がこぞって私のもとに年頃の娘を寄越す。これがいいかげん煩わしくてな……」

　うつけだ放蕩者だと噂されても皇太子。世継ぎのことも考えると、齢《よわい》二十六で妃が一人もいないのは確かに異例のことなのだろう。

「お妃さまはいらないのですか？」

「だから、そなたがなってくれるのだろう？」

レヴェントは自分の長椅子をぽんぽんと叩《たた》いた。ユスフに隣に座るよう促しているのだ。

「おれは子守り役で……」

そう答えながら、ユスフは一礼して長椅子に腰を下ろした。柔らかな座り心地の、上等な長椅子だった。レヴェントが顔を寄せ、声を潜める。

「よいか、私は後宮でそなたを盲愛する愚かな皇太子だ。そなたも合わせてくれ。一度は妹のために捨てようとしたその命、私にしばらくの間預けてくれるな？」

レヴェントはユスフの手を取って、その指先に唇を落とした。静かな部屋に響くのは、ルウがおもちゃで遊ぶ音と衣擦《きぬず》れの音だけ。ユスフは顔を火照《ほて》らせて首を振った。

「殿下、おれのような身分の者にそのような」

手を引こうとするが、阻まれて腰まで引き寄せられる。金色の瞳に射貫かれ、その美しさと恐ろしさに身体が硬直してしまう。

「拒むな、今日からそなたは私の寵妃だ。名を呼ばれたら微笑《ほほえ》み、肩を抱かれたら頬をすり寄せろ。つけ入る隙《すき》のない夫婦を演じるのだ、いいな」

ユスフは素直に返事ができなかった。

一体どこの皇族が男を寵妃にするというのだ。すでに「帝国一のうつけ」などと不名誉な呼び名があるというのに、それを助長するようなことをしてどうするのだ、と。

「殿下のご命令じゃ、返事をせんか、返事をっ！」

先ほどまで反対していたイーキンに叱《しか》られる。縁談を逃れる口実だと分かって、納得したようだ。ユスフはしぶしぶ「はい」とうなずいた。

レヴェントは満足したのか「よくできました」と白い歯を見せて微笑む。老若男女種族問わず腰砕けにする、その美貌と色香をそばで浴びると思わず目眩《めまい》がした。

「ルウが安定して会話ができるようになり、私の目的が果たせたら解放する。解放といっても表向きは、側室を臣下……つまりイーキンに下賜する形となる。そうすれば晴れて自由の身だ。同時に褒美を取らせる」

レヴェントの言葉にイーキンが「本当なら処刑されてもおかしくない者に褒美などと」と異を唱えるが、それを手で封じた。

「そのほうがやる気が出る、何が欲しい？　金か領地か、それとも身分か」

「いえ、殿下を謀った罪を許していただくためにこのお役目をいただくのですから、そのようなお心遣いは」

レヴェントは、欲がないな、と鼻で笑いながら一つ願いを言うよう命じる。

「……では、もしこのお役目が終わり、おれがまだ使い物になるなら、どうか騎士団に戻していただけませんか。騎士になるのが夢だったので」

「騎士に思い入れが？」

ユスフは騎士に志願した動機を打ち明けた。

野盗から助けてくれた騎士に憧《あこが》れたこと、その騎士からもらった木刀を励みに剣術の稽《けい》古《こ》に取り組んだこと――。

「……頑張ってきたのだな。分かった、約束しよう。得物は何を？」

「半月刀です」

最近は異国から伝わってきた直刀が流行しているが、ユスフは助けてくれた騎士への憧れから、刀身が湾曲した伝統的な半月刀を愛用していた。古くさいとよく揶揄《やゆ》されるが。

「今どき珍しいが、半月刀なら私の宝物殿にいい刀工のものが揃っている」

「……どういうことでしょうか」

「刀を用意する。後宮での役目がいつ終わるかはまだ分からないが、騎士団復帰のために鍛錬は怠るな。ただし、後宮内で刀は隠しておくように。緊急時以外は騎士だとばれないように振る舞ってくれ」

ユスフは礼を述べて、その場で深く頭を下げた。謀った相手にここまで懐が深いとは思わなかった。放蕩者、うつけ者という噂とは大違いだ。

「お、温情を賜り、まことに――」

どすっ、と背中に何かが乗った。礼を言い終える前に、ルウがユスフの背中に子亀のように乗っかったのだ。

「おんぞうたみゃわり」

ユスフの真似《まね》をしてはしゃぐ。

「ル、ルウさま……？」

身体を起こしてルウを膝に乗せると、その頬をレヴェントがつつきながら「そなた、そのようなかわいい声をしていたのだな」と顔をほころばせる。

「ルウ、今日からこのユスフがお前の子守り役だ。よく言うことを聞くのだぞ」

そう言われたルウは、分かったのか分かっていないのか、膝に座ったままユスフを振り返る。じっとまっすぐ向けられるその視線に、懐かしさがこみ上げる。孤児院に来たばかりの幼子たちも、こんな顔をしていたからだ。

（自分を受け入れてくれる大人か見てるんだ）

ユスフはゆっくりと目を細めて微笑んだ。孤児院で子どもたちにしてきたように、そして自分も孤児院の保育婦からそうされてきたように、言葉ではなく表情で訴える。

離別を味わった子どもは、大人を恐れながらも愛着対象を求める。自分を守ってくれる自分だけの大人を本能で求めるのだ。

ユスフ自身もそうだった。孤児院の保育婦が〝孤児全員の親代わり〟であって〝自分だけの大人〟ではないと分かると、奇跡的に息を吹き返した親が自分たちを迎えに来るのでは――と夢見て正門の塀に腰かけ、日が暮れるまで足をぶらぶらさせていたこともある。

（同じ境遇の子と巡り会ったのは、きっと何かの導きなんだな）

処刑をも覚悟していたのに、許された上に騎士団への復帰まで約束してもらったのだ。しばらくは、同じみなしごであるルウに尽くそうと腹を決めた。

「ルウさま、おれをおそばに置いてくださいますか」

ルウは紫の瞳をくるりと見開き、おずおずと鼻先を寄せてくる。ユスフの顔を、小さくてぷにぷにの手でいじくり回し、しばらくすると満面の笑みを浮かべた。

日差しを受けたルウの金髪は、ふわりと揺れると収穫前の小麦畑を思わせた。

【2】男寵妃が後宮にやってきた

　皇太子の初めての寵妃が、同じ狼獣人ではなく人間であり、しかも男である——と宮殿は大騒ぎとなった。思い直すよう嘆願にやってくる貴族や、自分にも白羽の矢が立つ可能性があるのではと色めき立つ高官までいた。

　レヴェントの忠臣であるイーキンが後見人となったことで、ユスフの出自を疑う者はいなかった。妃本人が貴族や王族でない場合、高官の後見を経て後宮入りする例は珍しくないからだ。

　後宮への輿入れの列は、宝飾品や調度品、支度金なども合わせて五十人にも及んだ。肝心のユスフは、誰も見たことのない輿入れ衣装を纏っていた。

　長上衣のカフタンは、男物は動きやすいように袖が細身で、女物は指先まで隠すために裾広がりに作られている。

　それに対し、ユスフが着ているものは、水色の男性物の形ではあるが、生地には女性を華やかに見せる、金の大小の花文様が刺繍《ししゅう》されている。袖口には西国の特産品である透かし編みの生地があしらわれ、指の第二関節まで隠されていた。まるで男物の装束と花嫁衣装が融合したような、特注の意匠だった。

耳飾りには大ぶりの青いサファイヤ、頭には薄布を巻き、その留め具は希少価値の高いアレキサンドライトが燦然《さんぜん》と輝く。下半身は二股《ふたまた》に分かれた下ぶくれの「シャルワール」を穿《は》いていたが、白地に水色の刺繍が施され、男物より華やかにつくられていた。

後宮の前で輿が止まり、ユスフは言葉を失った。宮殿にも劣らぬ高い塀に囲まれた後宮は、想像以上の豪奢《ごうしゃ》な建物だったからだ。白く輝くような石壁にも驚いたが、中に入って内装の壁画や装飾にさらに目を丸くした。青と金、そして赤を基調とした緻密《ちみつ》な幾何学模様が一面に描かれている。

天井の高い廊下を渡って部屋に案内されていると、上階の露台、階段の手すりの間、扉の隙間――。後宮のいたるところから妃たちの視線が降り注ぐ。

ユスフは思わず下を向いた。女性たちからこのように注目を浴びることなど一度だってなかったからだ。しかもどの女性たちも華やか。中にはオスマネク帝国のものではない、西国のドレスと呼ばれる衣装の女性もいた。三角の耳やふわふわの尻尾が見えることから、妃たちは皇族と同じ狼獣人のようだった。

うつむいたユスフに、後見人のイーキンが叱咤《しった》する。

「堂々とせんかっ、皇太子殿下の恥になるっ」

「しかし、イーキンさま、こんな見世物のようなことする必要あるんですか」

あるのだ、とイーキンがうなずく。

輿入れの規模で、実家の羽振りや皇族の入れ込み具合をはかることができるというのだ。これが質素だと、最初から後宮内での扱いが悪く、どんな場でも下座となり、身分によっては仕事まで与えられてしまうという。

全種族の中で最も弱い立場の人間が、しかも男が輿入れするとあって、その一報が入ったときには後宮も大混乱したそうだ。そのためユスフの輿入れが、皇太子の気まぐれか、それとも本気なのかが最大の関心事になっているのだという。

(別に下座でも仕事もらっても大丈夫なんだけどな)

ユスフが頰をかいていると、イーキンが自慢げに鼻を鳴らした。

「まあ平民がこのような豪勢な輿入れ行列で現れたことで、気まぐれではないと知らしめることができただろう」

ユスフのために用意された部屋に到着するなり、イーキンは三人の侍女を呼んだ。

狼獣人である彼女たちは、ユスフとあまり体格は変わらないが、男の寵妃に仕えることになって不安なのか顔をこわばらせていた。

「よろしくお願いします、ユスフと申します」

細かな織りの絨毯《じゅうたん》にひざまずいて挨拶《あいさつ》をすると、侍女たちは目を丸くした。イーキンに「侍女に頭を下げんでよろしい」と注意され、窓際のふわふわとした長椅子に座るよう促された。

「お支度でお疲れでしょう、カフヴェをお淹《い》れしました」

カフヴェが粉状の焙煎豆《ばいせんまめ》を煮出した上流階級の飲み物だということは、郡主の自慢話で知っている。近年南方の国から持ち込まれ、皇族や貴族で人気を博しているという。しかし、ユフスは知っているだけで飲んだことはなかった。

皿に載ったカップを受け取ったはいいが、飲み方が分からない。硬直していると、イーキンが「表面の泡が消えたら上澄みをすする。沈んだ豆の粉は残す」と耳打ちをした。

「うわ、不思議な味だ」

砂糖で甘くしているものの、ほろ苦い。豆の粉は沈んではいるものの、舌触りもざらりとした。

せっかくイーキンがこっそり教えてくれたのに、侍女たちの前でカフヴェが初めてであるとばれてしまった。しかし侍女たちはそれを蔑むことなく、くすくすと笑って「わたくしたちもまだ慣れません」と同調してくれたのだった。

そこにルウが連れられてやってきた。ユスフを見るなり駆け寄ってきたルウは、長椅子によじ登って膝にどすんとお尻を乗せた。

イーキンがルウに言い聞かせた。

「ルウさま、今日からこの部屋でユスフと暮らすのですよ」

皇族の子は十五歳になるまで後宮の母のもとで育つが、拾われてきたルウはしばらく宮殿の離れで暮らし、イーキンが面倒を見てきたのだという。ユスフという〝育ての親〟を得たため、めでたく後宮で暮らせるようになったのだ。

「ルウさま、よろしくお願い――ぶっ」

言いかけたユスフの口をルウがペチンと叩いた。

「え？　なんですか、ルウさま――いてっ」

再び叩かれる。ルウは頬をぷっくりと膨らませて「ルウ！　ぼくルウ！」と言った。

（そうか、親代わりに「さま」で呼ばれたくないんだ）

察したユスフが「では『ルウ』と呼んでいいですか？」と尋ねると、満足そうにうなずいたのだった。

「一つ重要な引き継ぎがある」

イーキンはそう言ってユスフに紙を渡した。

「ルウさまはくるみを食べると、皮膚に発疹《はっしん》や発赤《ほっせき》の症状が出る。医師によると生まれつきらしい。くるみを食べさせぬよう気をつけるのじゃ。その紙にはくるみが入っている料理の一覧を書いておる」

アシュレ、ムハムマラ、バクラヴァ――お菓子や和《あ》え物が多いようだが、中にはユスフの知らない料理も記されていた。

「分かりました、気をつけます」

ユスフはうなずいて、紙を侍女と共有した。

落ち着いたところでイーキンが「では以降は応接の間で」と退室した。

輿入れ当日は後見人が確認のために部屋に入ることができるが、原則として今後は応接の間での面会となる。妃の私室へは皇族以外の男は入ることができない。ユスフは〝寵妃〟として入ったため、男として数えられないのだという。

「さあユスフさま。午後はお茶会です、張り切っておめかししましょう！」

侍女が腕まくりをするので首をかしげていると、別の侍女が説明してくれた。

「新しい妃が輿入れすると、歓迎のお茶会が開かれるのです。そこで正式なご挨拶を」

「ご挨拶って、誰に？」

「皇后陛下に決まっているじゃありませんか！」

午後に開かれたお茶会では、広間の最奥にあるコの字型の長椅子に、深緑のカフタンを羽織った女性が座っていた。一目で皇后ギュナナ――現皇帝の正妃だと分かる。

（この方がレヴェント皇太子殿下のお義母上《ははうえ》……）

ユスフはごくりとつばを飲み込んだ。

皇太子であるレヴェントは、皇帝の前正妃の子。レヴェントが幼いころに他界したため、第一側室だったギュナナが正妃となり、レヴェントの継母にもなったのだという。

ギュナナは表情を変えることなく、真顔でユスフを見下ろす。彼女の耳や尻尾は真っ黒の被毛に覆われていた。

皇后より一段低い椅子では、胸元が大きく開いたドレス姿の女性、ラーレが微笑んでいた。侍女の事前説明によると、ラーレは皇帝の第一側室で、最も皇帝の寵愛《ちょうあい》を受けているのだという。彼女は皇后ギュナナと正反対で、真っ白な被毛の狼獣人だった。

その他の妃たちは、広間の中央にひざまずいたユスフを遠巻きに囲むように座っている。

「人間の男って小さいのね」「顔はまあまあだけど、動きががさつだわ」とこちらに聞こえても構わないかのような声量で、露骨に品定めをしている。

ユスフは深々と頭を下げた。

「ユスフと申します。このたびはお茶会にお招きくださり、誠にありがとうございます」

面を上げなさい、と降ってきた声は凛《りん》としていた。ゆっくりと身体を起こす。

「――よくいらっしゃいました」

歓迎しているとは言いがたい表情で皇后が口を開く。

「男性の後宮入りは前例がないにしても、歴史を紐解《ひもと》くと男妾は存在しておりましたので特に異論はありません。ですがあなたは種族も違いますので、不安に思う妃たちはおります。行動には十分注意するように」

御意、と返事すると周囲からクスクスと笑い声が漏れた。どうやら妃としての返事を間違えたようだ。

「みなさん、そのように笑っては失礼よ。これから覚えたらいいのですから、ね」

皇帝第一側室のラーレが、首をかしげるようにユスフに微笑んだ。

「すみません……」

恥ずかしくなってうつむいていると、侍女に抱かれていたルウがユスフに歩み寄った。紅くなったユスフの両頬に手を当てると「おねつ、ないないじゃ」とまじないをかけてくれた。

発熱をしたのだと心配してくれたようだ。懐から木彫りの犬のおもちゃを取り出し、その鼻先で頬に口づけをしてくれた。

そんな愛らしい仕草に胸が温かくなり、羞恥《しゅうち》などあっという間に消えてしまう。

「ルウ、ありがとう。優しいね」

「じゃあ、だっこ」

見返りを求めるあたり、しっかり者かもしれない。

タイミングを見計らって、女官長が妃たちを紹介する。皇后や皇帝の第一側室の他にも皇帝の側室が六人、第二皇子の正妃と側室が一人いた。第三皇子はまだ若いため妃がいない。皇弟三人の妃も含めると二十人の妃が、この後宮で暮らしているのだという。

そしてユスフは二十一人目であり、皇太子初の妃となったのだ。

女官長の説明が終わると、皇后ギュナナがゆっくりと口を開いた。

「あなたには酷な話となりますが、あなた一人では妃の本来の役割は務まらないのは分かっていますね？　皇太子殿下には同族女性の妃を持つよう、頃合いを見てあなたから進言なさい。お世継ぎは多いほど——」

「それには及びませんよ、母上」

広間の扉が開く音と同時に、聞き覚えのある声がした。

後宮の寵妃やその侍女たちが一斉に振り向いた先には、まだ政務に携わっているはずの皇太子——レヴェントが立っていた。

「殿下！　なぜこのような明るいうちに……！」

目を丸くした皇后ギュナナが立ち上がった。

「ここに来るのは独り立ちして以来かな。私の愛《いと》しい妃がやっと後宮に入ってくれたのです、政務などとても手につきません」

レヴェントは周りをきょろきょろとうかがいながら、ひざまずくユスフに歩み寄り、脇《わき》から手を差し込んでひょいと抱き上げた。

「う、うわ」

人間の男としては標準的な体格なので、この年になって誰かに抱き上げられ、しかも〝高い高い〟をされるとは思ってもみなかった。涼しい顔でそれをやってのける腕力に驚《きょう》愕《がく》した。

「会いたくて仕事を放り投げてきたぞ、ユスフ。さあ口づけをしてくれ」

「で、殿下！　人前です、お戯れを……！」

寄せてくるレヴェントの顔を遠ざけようと、両手で頬を包んで押し返すと、周りの妃たちがざわついた。

「まあ、皇太子殿下になんて無礼な」「妃教育がなってないわ」

どうやらまた行動を間違えたようだ。ユスフがうろたえていると、胸元にぽすっとレヴェントが頭を預けた。

「私の花嫁は今日もつれないな、二人きりになると突然かわいくなるのだがな」

その低くて甘い声に、ユスフだけでなく周囲の妃たちも頬を染める。さすが帝国一の美貌と謳われた御仁だ。言葉や仕草ひとつで、その場を魅了してしまう。

部屋の上座で皇后だけがこめかみを押さえてため息をついていた。

「殿下、ご自分のお立場をもっとよく考えるのです。いくらその者を好いても世継ぎはできません。彼を側室としては認めましょう、しかしあと二人は獣人族の子が産める妃を」

「母上、私の心はユスフだけのものです。私とユスフの仲を邪魔する者が出れば切り捨てることになるでしょう」

「殿下……！」

「なにせ国一番の放蕩者だ、常識など通用しないのです」

そう話している間も、ユスフの腰に手を回しては愛しそうに髪に頬を寄せてくる。

大変なのはユスフだ。妃たちの視線が痛い。

「一体どうやって殿下を籠絡《ろうらく》したのかしら」「よほど閨事《ねやごと》に長けているのかしら」「人間だからか弱そうに見えるんじゃなくて？」

芝居とは分かっていても、なかなか心労が大きい。自分のせいで皇太子が世継ぎを作らない、と非難されるのだから。

足下で「ぼくも、ぼくも」とルウが抱っこをせがんだ。レヴェントはユスフを下ろして肩を抱くと、ルウを片手で抱えた。

「さあ、部屋に戻ろうか。家族の時間だ」

「いえ、でもせっかく歓迎のお茶会が……」

ユスフが恐縮していると、さらに後ろからレヴェントによく似た低い声が響いた。

「いいではないか、歓迎されていないのだから」

振り向いたレヴェントが、緩んだ顔を引き締めた。

「ネヴァル」

ネヴァルと呼ばれたその男性の狼獣人は、黒地のカフタンに毛皮を重ねた姿で歩み寄ってきた。顔は美形だが目元が涼しげで、少し冷たそうな印象を残す。焦げ茶の被毛は一本一本毛流れをきっちりと整えられていた。

「ネヴァル皇子、あなたもいらしたのですね」

皇后はネヴァルに向けて手を伸ばす。ネヴァル皇子は皇后の指先に唇を落とした。レヴェントはしなかったが、これが彼らの礼儀作法のようだ。

ユスフはイーキンに教わった皇族の家系図を思い出していた。

皇帝イルハン二世には三人の皇子がいる。前正妃との間にレヴェント皇太子、皇后ギュナナとの間にはネヴァル第二皇子。そして、第三側室を母とする第三皇子カヤだ。

ユスフはイーキンの説明を思い出していた。

『ネヴァル皇子は特にレヴェント皇太子殿下と不仲でいらっしゃる。振る舞いに重々気をつけるよう』

(気をつけるったって何を！)

ネヴァルはユスフを一瞥《いちべつ》すると、ふっと嫌みな笑みを浮かべた。

「人間で男ね……兄上も酔狂なものだ」

レヴェントがユスフを抱き込むようにして見せつけた。

「ユフスに近くなよ、ネヴァルは手が早いからな」

「ずいぶんな入れ込み方ですね、兄上。政務のにもそのくらい没頭いただきたいものだ」

片眉《かたまゆ》を上げたネヴァルを、レヴェントは鼻であしらう。

「つまらないことはしない性質《たち》なんだ、優秀な臣下がやってくれるさ」

「つまらないだと……？　兄上、あなたがそんな姿勢だからこの国は――！」

はいはいうるさいうるさい、と片手で手を振り、レヴェントはユスフとルウを連れて広間を後にした。扉が閉まる直前、妃たちが「ご兄弟仲は相変わらずね」とささやき合っているのを耳にし、ユスフはレヴェントの顔色をうかがった。

「あの、いいんですか、あのような険悪な……」

「いいんだいいんだ、ネヴァルはあれで」

レヴェントはなんでもないように手を振るが、ユスフは「でも」と食らいついた。

「おつらくないですか？」

思わずそう尋ねていた。妹のミネと自分が「二人でひとつ」などと言われるくらい仲がいいため、兄弟でこのように険悪な状態が続くのは、心理的に苦しいのではないかと思ったのだ。

「つらいというと？」

「本当はお嫌いじゃないんでしょう、弟君のこと」

実のきょうだいと不仲であることが本意である人などいないのだ、と。

レヴェントは一瞬瞠目したあと、ユスフの頭に頬を寄せた。

「嫌いじゃないさ、それぞれの立場が違ったというだけ」

そうなんですね、とうつむくユスフの耳にレヴェントの唇が寄せられる。

「私はかわいそうだろう？　部屋で慰めてくれ」

ぱっと耳を押さえて「殿下！」と叫ぶと、レヴェントはルウを小脇に抱え「ルウ、お前の親はうぶだなあ」と笑いながら小走りで逃げる。抱えられたルウも、言葉の意味も分からないまま「うぶ」と復唱していた。

部屋に戻ると、レヴェントの来訪を知らされた侍女たちが伏せて待っていた。

「世話になるな、ユスフのことをよろしく頼む」

レヴェントが声をかけると、侍女たちは頬を染めてもう一度伏せた。

豪勢な夕食が運びこまれ、レヴェントとユスフとルウの三人でそれを囲んだ。

孤児院生まれのユスフには見たこともない宮廷料理が並び、レヴェントはひとつひとつ、丁寧に食べ方や歴史を解説してくれたのだった。

負けじと横でルウが自分の皿からユスフに果物を分けてくれる。

「どうぞっ」

「くれるの？　ありがとう」

ありがたく受け取ると、今度は手のひらをこちらに差し出した。

「あい、どうぞして」

自分も何かお返しをしなければならないらしい。ユスフは皿に載った飾り葉で小舟を作り、ルウの手のひらに載せた。

ルウは紫の瞳を、星空のように輝かせて「ふあ」と喜んでいる。

「器用なものだなあ」

長座椅子に片肘をついて寝転がったレヴェントは、唐草文様が描かれた陶製の酒杯で何かをちびちびと飲んでいた。ユスフの視線に気づき「これか？」と酒杯を優しく揺する。

「ラクだ、飲むか？」

ラフはブドウを原料とする蒸留酒だ。

国教は飲酒を禁じていたが、時の流れとともに〝原則禁止〟となり、国民は断食月以外は酒をたしなむようになった。それでもラクは庶民にとって高級な嗜好品《しこうひん》なので、ユスフは飲んだことがなかった。

侍女がユスフにも酒杯を用意し、その透明なラクを注いでくれた。割って飲むものらしく、割り水が注がれると不思議なことに乳白色に変化したのだった。

「色変わりするんですね」

「普段は飲まないのか？」

買ったことがない、と言うとレヴェントが首をひねった。

「生産量が増えて国民にも手が届く値になったと聞いていたが……騎士の給金なら十分買えただろう」

膝の上でうとうとし始めたルウの背中を優しく叩きながら、ユスフは小声で答えた。

「騎士団に入れたのは最近のことですし、妹にいい花嫁衣装を着せてやりたかったので無駄遣いしたくなくて」

「そなたは本当に妹が大切なのだな」

「……ええ、処刑覚悟で女装するくらいには」

視線が合うと、どちらからともなく微笑んだ。

一緒に食事をしたからなのか、レヴェントが愛妻家を演じて身体に触れてくるせいなのか、初めて会ったときのような畏怖《いふ》はなくなっていた。

せっかくなのでいただきます、と酒杯を傾ける。水を飲むように勢いよく流し込み、そのカッとこみ上げる刺激の強さにむせてしまった。

ルウを起こしてはいけないと、口を塞《ふさ》ぎ、ルウを侍女に預けて別室の寝台に移動させた。

ルウが退室すると、ユスフは思い切り息を吸い込んでゲホゲホとむせたのだった。

二人きりになった部屋で、レヴェントが高笑いをする。

「どこぞの酒豪のような飲み方だったぞ」

「……っ、す、すみません、こういう味だって知らなくて……喉も渇いてたし……ッ」

喉を熱いものが流れていくのが分かる。次第に身体が温まり力が抜けていった。息も少し荒くなり、世界が揺れているのかと思いきや、自分の身体が左右に揺れていた。

「酒の耐性がないから、てきめんだな」

「も、申し訳ありません。このあとお見送りもしなければならないのに……」

レヴェントがきょとんとして尋ねる。

「誰を見送るのだ」

殿下ですが、と答えると、突然笑い始めた。

「泊めてはくれぬのか、妃よ」

ユスフは「あっ」と声を上げて口を塞いだ。

「失礼しました。お妃さまのお部屋にお泊まりに――あ、そうか、そっか……」

泊まる目的に思いが至った瞬間、頬が熱くなった。酒のせいでもともと顔が火照《ほて》っているので、さらに赤くなっているだろう。慌てて袖で頬を隠す。

皇帝だけは専用の寝室があり、所望された妃が訪ねるのだが、他の皇族は妃の部屋で過ごすのだと説明を受けた。

「これから初夏にかけては狼獣人は発情期に入る。皇族の後宮滞在も増えるし、妃のいない私のもとには皇太子妃の肩書き目当てに夜這《よば》いにやってくる者も出る」

「夜這いですか……」

苦労を分かってくれるか、とレヴェントは肩をすくめる。

「夜這いを警戒していてはまともに眠ることができない。夏までは夜は基本そなたの部屋で過ごすつもりだ。侍女たちは事情を知らぬ、振る舞いには気をつけるように」

男女の深い関係など全く経験のないユスフだが、恥ずかしくなってうつむいた。夜這いなど想像もつかない。

発情期、子作り、夜這い――。かりそめの寵妃役で男同士なので、自分には縁がない行為なのだが、急に後宮という存在が艶《なま》めかしい場所のように思えた。

長椅子でくつろいでいたレヴェントが、頬杖をついて口の端を引き上げた。

「顔が赤いぞ」

「失礼しました……いえ、その、後宮ってそういうところなんだなって思ったら急に」

言い終える前に手を引かれ、仰向けのレヴェントに覆い被さる体勢になってしまう。

「そんなうぶな反応では困るな、他の妃たちに勘づかれてしまうぞ」

「も、申し訳ありません。もっと手練《てだ》れっぽくしますから……あの、手を離してください。殿下の上に乗ったなんてイーキンさんにばれたらどんなに怒られるか」

カフタンの下に、レヴェントの手がするりと入り込む。

「っ……！　殿下！」

「何を言っている、毎夜乗るのだ。そなたは私の寵愛を一身に受ける妃なんだぞ」

「でも、それはフリで」

「ここにいる妃たちはみな狼獣人だ。抱かれたか否かは匂いですぐ分かる」

「殿下の移り香が必要なのですか」

レヴェントと同じ香水をイーキンに頼もう、などと独り言を漏らしているうちに、上着であるカフタンをいつのまにか脱がされ、シャルワールの腰紐を解かれる。

「そういうことだ」

レヴェントはユスフをまっすぐ見つめると、うっすらと微笑んだ。ゆっくりとした瞬きと開きかけた薄い唇が妖《あや》しさを醸し出す。

「人間は発情期がないとか」

「発情？　あの、せ、精通のことですか？　その催したり……んっ」

シャルワールの腰回りから差し込まれたレヴェントの指が、先ほどと同じ背のくぼみに触れただけなのに、ユスフはビクリと反応して身体を揺らしてしまう。

「あれ？　すみません、おれ、なんだろう敏感肌……？」

レヴェントが、いたずらっぽい笑みを浮かべる。腰に乗せたユスフの身体を下半身で突き上げた。臀部に少し温かい膨らみを押しつけられ、それが硬度を持ち始めた雄だと分かると、一気に顔が熱くなった。

「で、殿下……っ、お戯れが過ぎます……！」

「妃と戯れて何が悪い」

「待っ……お待ちください、おれ、妹と顔は似てますが男なんですよ！」

「知っている、出会ったときから」

　気に留めないといった様子でユスフをころんと長椅子に転がし、シャルワールや肌着を脱がせていく。空気に触れた太ももに、レヴェントの白い長髪が落ちてさらりと撫でるだけで「あ」と声が漏れてしまう。一体自分の身体はどうなってしまったのか――。

「無体はしない。後宮内で怪しまれないよう、抱いた痕跡《こんせき》を残すだけだ。妹のために命を投げ出す覚悟だったのだろう？　私に委《ゆだ》ねるんだ」

「こ、痕跡……」

　ユスフはきゅっと唇を結んだ。

　そうだ、いくら放蕩者と言われたレヴェントでも、好きで男の身体にこんなことをしているわけではないのだ。自分が任務を全うできなければ、また縁談や夜這いに頭を悩ませることになる。

（捨てるはずだったこの命、温情をくださっている殿下のお役に立てずにどうする！）

　ユスフは下穿きと薄布の羽織を残して、すべてを脱ぎ去り両手を広げた。

「……どうした？」

「任務への覚悟が足りませんでした。殿下だって男のおれにこんなことしたくありませんよね……輿入れ前に風呂《ふろ》で身体はきれいにしてもらっています。どこにでも痕跡を残してください」

レヴェントはきょとんとした顔で、自分の腰にまたがるユスフを見上げる。

「いい覚悟だが、なんと色気のない」

「す、すみません、努めます。ご指示いただければなんでもやりますので」

くっく……とレヴェントが肩をふるわせた。笑っているようだが、何かおかしなことを言っただろうか。

「そうだな……ではまず口づけをしてくれるか？」

口づけは知っている。結婚の申し込みをされた妹が、相手からされたと喜んでいた。愛し合っている男女がするものだ、とは知っているユスフだが、実践したことはないので「どうやってするんだ？　息はどうするんだ？」と興味津々に尋ねたことがある。妹はあきれてあまり教えてくれなかったが、自然と唇が吸い寄せられるとだけ言っていた。

「唇を重ねるのですか？　それでは口周りを洗ってまいりま——」

「いいのだ、夫婦なのだから」

レヴェントは身体を起こし、ユスフを膝に抱いて向かい合う。そしてゆっくりと目を閉じた。

「ほら、早く」

どこか楽しそうな声がする。

「で、では失礼します……」

ユスフは整ったレヴェントの鼻先に自分の顔を寄せ、その薄い唇に自分の唇をむぎゅっと押しつけた。

（できた！　ご無礼になっていないだろうか）

顔を離してレヴェントが目を開くのを待つと、「まだまだ」と続きを促される。

「は、はい」

もう一度唇を重ねる。押しつけ方が足りなかったのだろうか、とさらに強くむぎゅ！と押しつける。

「こら、痛いぞ」

「も、申し訳ありません……」

何が正解なのか分からない。唇の接触時間が足りないのだろうか。ユスフが自分の唇をむにむにと押さえて思案していると、その手をレヴェントが握った。

「なるほど、色事の経験があまりないのか」

言い当てられて、うつむいた。あまりどころか全くないとは言い出せなかった。

このような任務があるなら、輿入れの準備をしている数日間にもっと学んでおくべきだった、と反省した。宝物殿でレヴェントの半月刀を見せてもらったり、ルウと散歩をしたりとのんびり過ごしてしまった。

レヴェントは目を三日月のように細めて、ユスフの首筋に爪をすっと這わせた。

「う、わ……っ」

酔っているせいか、どうしても触れられると声が漏れてしまう。実は先ほど唇を重ねたところも、じんじんと熱くなって仕方がない。

今度は喉仏を下からべろりと舐《な》め上げられた。

「ひっ」

「なめらかな肌だ、いつか戦場で傷がつくと思うと惜しいな……」

手をレヴェントの首に回すよう指示され、おずおずと従うと、余計に顔が近くなる。美しい相貌《そうぼう》が自分を挑発するように見上げてきた。

「殿下、あの、触れられるところが熱くなるのですが、おれはどうしたら」

指示が欲しかった。夫婦が一緒の布団に入るのは知っているし、そこで子作りが行われることも分かる。しかし、自分は偽りの妃であり、レヴェントの言う〝抱いた痕跡〟をどのようにつけるのかも分からない。

レヴェントの舌が喉仏から鎖骨に移り、胸元へとたどり着く。

「そうだな……目を閉じて私の触れるところに集中しようか。声も抑えてはならない」

「は、はい」

ユスフはレヴェントの首を抱いたまま瞳を閉じる。胸元にふっとかかる吐息や熱い舌、腰や太ももを撫でていく指――与えられる感覚がさらに大きくなって、膝が身体を支えていられなくなる。

カリ、と胸の飾りを爪で弾《はじ》かれると「あっ」と思わず大きな声を出してしまう。

「し、失礼しました」

瞳を閉じたまま恥じ入るが、ふわりと唇に柔らかいものが触れる。先ほど触れたので分かる、レヴェントの唇だ。このまま押しつけられるのかと思いきや、何度も離れては触れ、下唇を食《は》まれた。隙間ができたところに、ぬるりとした熱いものが押し込まれる。

「っ……！」

舌だ、と直感で分かった。ざらりとした舌が歯列をなぞり、さらに上顎の凹凸を確かめるように蠢《うごめ》く。ユスフの舌まで捕らえられ、絡め取られる。

「ん……ふっ……」

じんじんと脳が麻痺《まひ》していく感覚に、ユスフは混乱した。

(どうしよう、息ができない)

苦しくて震えていると、唇が解放された。思い切り新鮮な空気を吸うユスフを見て、レヴェントがくすくすと笑った。

「息を止める必要はない、鼻があるだろう？」

「あ、そ、そうですね……」

本当に全く知らぬのだな、と眉尻を下げた。

レヴェントの微笑みは、妹が自分にあきれたときの表情とは少し違って、なぜか楽しそうに見えた。

「ひとつずつ、教えていくよ」

〝花嫁喰い〟をする放蕩の皇太子――あの謁見の間で初めて出会うまでは、そう思っていた。蓋《ふた》を開けてみると、人の子を拾い育て、謀った自分に温情を与え、出来の悪さもとがめず包み込む、情の深い人物だった。

(どうしてこのようなお方が、放蕩者だ出来損ないだと言われているんだろう)

ユスフは不思議でならなかったが、レヴェントが触れたり舐めたりする場所から、じわじわと熱が広がり、思考を奪われていく。

「ご指導……よろしくお願いします……っ」

抱えられて寝台に運ばれると、手をレヴェントの胸元へと引き寄せられた。

「私の服も脱がせてくれるか？」

ユスフはこくこくとうなずいて、カフタンの留め具に手をかける。

あらわになったレヴェントの褐色肌は、赤みの強いランプに照らされて火照っているようにも見えた。獣人の中でもたくましい種族だ、ユスフに比べると体格の差が歴然としている。

引き寄せられた身体で肌を合わせると、心臓がバクバクと跳ねて、どうにかなってしまいそうだ。

長い腕がユスフをすっぽりと包み込み、寝台に横たわった。下穿きだけで抱き合う二人――。これからどれほどの艶事《つやごと》が待っているのかと緊張していると、そのままなぜか背中をトントンとあやすように叩かれた。

「……殿下？」

「無体はしないと言っただろう、経験がないならなおさらだ。今夜はこのまま抱いて眠る。この髪にも肌にも、朝には私の香りが染みているだろう」

ホッとする反面、一抹の不安がよぎる。

レヴェントの口ぶりだと、今夜の触れ合いは序の口だ。この先、どんなことが待っているのだろうか。そのとき、自分の心臓は耐えられるのか――と。

レヴェントが寝息を立て始めても、ユスフは寝つけなかった。

(皇太子殿下のおそばにいてすぐに眠れるわけがないよな……明日は早起きして殿下のお支度を手伝おう)

さらりと落ちてきた銀髪が、鼻先に触れてくすぐったい。

誰かに抱かれて眠るなんて、いつ以来だろうか。

孤児院でも夜は保育婦に抱いてはもらえなかったので、妹を抱きしめて寝た。もしかすると死んだ両親に抱かれて以来ではないかと思い至ったあたりで、睡魔がユスフの意識を奪っていった。

ぼんっと寝台が揺れて、ユスフはうっすらと目を開けた。現れたのは、紫の大きな瞳。

「あさじゃ」

寝間着姿のルウだった。木彫りの犬を抱いて、ユスフに向かい合って横たわっている。目覚めてこちらの部屋に飛び込んできたらしい。

ルウの口調に既視感を覚えつつ、ユスフは目を擦った。

「あ、ルウ……おはよ……ん？」

背中に人肌を感じる。

昨夜《ゆうべ》の記憶がみるみるよみがえり、額にじわりと汗が浮いた。

おそるおそる振り返ると、半裸のレヴェントが「おはよう」と掠《かす》れた声で微笑んでいた。寝起きのとろりとした瞼《まぶた》も乱れた髪も、とびきりの芸術品のようだ。

「う、わっ……起きていらしたのですか」

「ああ、半刻《はんとき》ほど前から」

レヴェントより早起きして支度を……と意気込んでいたくせに、すっかり寝こけてしまっていた。

「心地よさそうに眠っていたな、何よりだ」

「も、申し訳ありません、こんなに寝てしまうなんて」

妹ミネの輿入れ騒動からこちら、気を張り詰めていて寝が浅かったのは確かだ。しかし、レヴェントが――皇太子が横にいるという、最も緊張しそうな場面で熟睡してしまった自分が恨めしい。

ただ人のぬくもりが心地よかったのも嘘ではない。こんなに安心して眠ったのはいつぶりだろうか。ユスフは謝罪しながら、そんなことを思っていた。

ルウが二人の身体の間にもぞもぞと入り込んで、きゅっと小さくなった。

「まだねんね」

そうだな、とレヴェントが同意し、起きようとしていたユスフと一緒に抱き込んだ。レヴェントが耳元でささやく。

「初夜で張り切りすぎて疲れていることにしよう」

張り切るとは、具体的に張り切りすぎるとは……とぐるぐる混乱しつつユスフもその提案を受け入れるのだった。

「おっぱい、かたい」

ルウがレヴェントのたくましい大胸筋に触れて、きゃっきゃと喜んでいる。

「ルウも鍛えるといい」

ユスフをもう少し寝かせようという気遣いか、小声でルウとおしゃべりをしている。彼の腰回りでは尻尾がぱたぱたと揺れていた。

二度寝を終えると、レヴェントから何が欲しいと聞かれた。

「欲しいもの、ですか？」

「初夜が明けると、妃は主人から褒美を受ける。ここまでが輿入れの儀式だ」

侍女たちに支度を手伝われながら、レヴェントが説明する。

特にない、と答えるが納得してもらえない。反対に妃の初夜に何も寄越さないのは、皇族として恥ずかしいことなのだと言いくるめられる。

「では、妹に手紙を書くお許しを」

ユスフがそう言って頭を下げる。

「そうしよう、あとで一式を用意して届ける」

ユスフは喜んだ。妹を気絶させて婚約者に預けたきりだったので気になっていたのだ。おそらくミネは夜も眠れないほど心配しているだろう。安否だけでも知らせたかった。

レヴェントがユスフとルウに見送られて、後宮と宮殿をつなぐ白い橋を渡っていく。宮殿側ではイーキンを含む五人の側近が、頭を深々と下げて待ち構えていた。

（そういえば、おれは今日から何をしたらいいんだろうか）

レヴェントに指示を仰ぐため、ルウの手を取って駆け出そうとしたとき、背後から柔らかな声が聞こえてきた。

「妃はこの橋を渡ることができないのですよ」

振り返ると皇帝の第一側室ラーレが、六人もの侍女を連れて立っていた。

後宮妃が政に干渉するのは禁じられているため、宮殿にも足を踏み入れてはならない、とイーキンに聞いていたのにすっかり忘れていた。ユスフはとっさに頭を下げる。

「そうでした！　申し訳ありません」

ラーレは微笑をたずさえて、いいのよ、とユスフの肩に触れた。

「少しずつ覚えていきましょう。輿入れのお疲れもあるでしょうからゆっくりしてね」

ラーレの白い三角の耳が挨拶をするように、くるりと揺れた。たおやかで美しい方だな、とユスフは見惚れてしまう。

「困ったことがあったら頼ってくださいね。私もあなたのお話、色々聞きたいわ」

ユスフは「ぜひその際は」と相づちを打って、ラーレを見送った。

侍女が耳打ちしてくる。

「北国の血を引くラーレさまは顔立ちも毛並みも白くてお美しいので、皇帝陛下のご側室で一番新しくてお若いのですけど、あっという間に第一側室にまで昇りつめたんですよ」

「親切そうな方だね」

部屋に戻りながら、ユスフは侍女たちから叱られていた。

「初夜明けの贈り物を、どうして手紙を送る許可なんかにしたんですか！　手紙なんか一度きりで終わってしまうのに。相手は皇太子殿下ですよ？　第二皇子のご側室でさえ東洋の珍しい反物や宝石類を箱いっぱいもらっていたのに」

「おれはそういうの必要ないだろう？」

ユスフは顔の前で両手を振る。ルウが「だっこ」とすねにしがみついてくるので、抱き上げて部屋に戻った。

午後に届いたレヴェントからの贈り物に、ユスフも侍女たちも絶句した。

欲しいと願ったのは〝妹に手紙を出す許可〟だったはずだ。それなのに届いたのは〝書斎〟だったのだから――。

ユスフの部屋の隣に、たいそうな家具や荷物が運びこまれて、あっという間に豪奢な机と椅子、それに合う調度品、そして宝石をあしらった文具が揃った書斎が完成した。

机上の文箱《ふばこ》でさえ、瑪瑙《めのう》が埋め込まれた繊細な意匠だ。そしていつでも届けられるよう、後宮の外には配達兵と馬までユスフ専用に用意された。

侍女があっけにとられて、声を裏返す。

「こんな……おねだりの仕方があるのですね。ユスフさまさすがです」

「いや、いや、こんなの全然想定してなかったよ！　普通、筆とか紙だよね？」

まさか書斎ごと贈られるとは――。

後宮ではその前代未聞の贈り物の話題で持ちきりとなっていた。

ユスフがルウと侍女の一人を連れて広間に顔を出すと、一人の妃が近づいてきた。皇弟の側室だった。女性とはいえ狼獣人なのでユスフと同じくらいの背丈だ。

「とても粋な贈り物をいただいたのね、皇太子殿下らしい自由な発想だわ」

褒められたはずなのに、なぜか耳触りがざらりとした。皇弟の側室は、すっと目を細めて「それに」と顔を寄せる。

「手加減していただいたようね……大事にされているのか、がっかりされたのか」

ユスフの耳がカッと熱くなった。昨夜のレヴェントの言葉を思い出す。

『ここにいる妃たちはみな狼獣人だ。抱かれたか否かは匂いですぐ分かる』

レヴェントの残り香さえあれば、という見立ては甘かったのだとユスフは気づく。

「やっぱり人間じゃダメなのよ、発情期がないから。皇太子殿下って物好きなお方ね。いくら戦がお得意でも、あの怠けぶりとこの趣味の悪さじゃあ……」

周りを見回すと、妃たちが似たような視線を自分に送っていた。

（これでは偽りの側室だと見破られるのも時間の問題だ）

ユスフはもっとレヴェントの匂いをつけてもらおうと胸に誓った。

後宮では妃の他に、彼女たちの子どもも暮らしている。十五歳で成人の儀を迎えると、後宮を出て皇族として独り立ちをする。

広間の先にある中庭では、蕾《つぼみ》を膨らませたチューリップの花壇の周りで、幼い子どもたちが追いかけっこをして遊んでいた。みんな狼獣人とあって子どもとはいえ足が速い。

それをルウが表情を変えずにじっと眺めていた。

「みんなと遊びたい？」

ユスフが尋ねると、こくりとうなずく。下を向くと頰がよけいにふっくらと見えて愛らしかった。ルウを抱っこして中庭に向かい、後宮の子どもに声をかける。

「入れていただけませんか？」

子どもたちはぴたりと止まり、それぞれの母親を見た。母親らしき妃たちは微笑みながらゆっくりと首を振った。お許しが出なかったようだ。子どもたちはユスフとルウの存在をちらちらと気にしながらも、逃げていった。

（そうだよな、得体の知れない男が突然輿入れしてきた上に、ルウは養子だから親類でもないしな……）

妃たちの露骨な避け方に、自分がいかに歓迎されていないかを思い知る。

子どもながらに何かを感じたのか、ルウがユスフの足にしがみついた。

「抱っこしてお部屋に帰ろうか」

そう促すと、口を尖らせてユスフによじ登ってきた。抱き上げて顔を近づけると、目にいっぱいに涙をためて、木彫りの犬を抱きしめていた。

「おれと楽しい遊びをいっぱいしよう、なっ」

そう言ってルウを肩車し、駆け足で部屋に戻った。その揺れや速さで、ルウは少しだけ気がまぎれたようだった。

ルウが突然何もできなくなったのは、その夕方のことだった。

まずおやつを自分の手で食べなくなった。ユスフに寄ってきて「あーん」と口を開けるのだ。そして歩くのをやめて、ハイハイをするようになった。嫌なことを「いや」と言ったり、不快なことを訴えたりできていたのに、泣きわめくだけになった。

侍女たちは体調不良を心配していたが、ユスフにはそれが何か分かっていた。

（赤ちゃん返りだ）

孤児院に預けられた幼児が、しばらくすると今のルウのように振る舞うことがあった。時を遡《さかのぼ》って赤ちゃんになったかのように。

孤児院の保育婦は、それを叱りもせず当然のように赤ちゃんとして扱った。

孤児院の子どもの中でも年長者になりつつあったユスフが、なぜそのような対応をするのか尋ねたことがある。すると保育婦は、三歳の幼児を、赤ちゃんのように紐で背負いながら微笑んだ。

『絆《きずな》の結び直しをしてるの。この子はいま、あなたの子どもになりますよって準備をしてくれてるんだから、しっかり応《こた》えなきゃ』

この大人は大丈夫だろうか、自分の安全基地になってくれる人なのだろうか――。

一度親を失った子どもにとっては命に関わる問題なのだ。一緒にその話を聞いた妹ミネには響いたようで、孤児院に残って保育婦をすると言い出したのだった。

ユスフは侍女たちに赤ちゃん返りだろうと説明した上で、叱らないよう、年相応の行動を求めないように頼んだ。

そして、もう一つ頼んだのが、抱っこやおんぶができる紐だった。

「紐を……お使いになるのですか？」

侍女とはいえ、皇族のお手つきになることもある上流階級の女性たちだ。子だくさんの庶民が、紐で赤ん坊を背負いながら働いていることを知らないのだろう。

「そうか、知らなくて当たり前だね。紐というか幅のある布みたいなものなんだけど。これがあればおんぶや抱っこをしたまま両手が空くんだ。簡単な型紙を書くから、お針子さんに頼めないかな。布はそうだな……しっかりしていて肌触りが優しいものがいいな」

ユスフがさらさらと下絵と寸法を描くと、のぞき込んだ侍女が楽しそうに尻尾を振る。

「それでは厚手の子ども服の反物を使いましょう。刺繍がかわいらしいですし、肌触りもよいですから。簡単な形ですから、今から頼めば明日朝には出来ていると思います」

侍女たちと寸法を計算している様子を、ルウがユスフの膝の上に乗って不思議そうに眺めていた。

今夜もレヴェントが部屋にやってくるとの連絡が届いたのは、お針子との調整がついたときだった。

「今日は何をしていた？」

食事を済ませてやってきたレヴェントは、足首まである長いゆったりとした寝間着・エンターリに着替え、ユスフと酒を飲んだ。

「書斎ができたことに驚いていました」

ユスフが疲れたような顔で報告するので、レヴェントが高笑いをした。

「そうだろう、筆記官もつけたかったが、女性の筆記官が見つからず間に合わなかった」

「いえ、もう十分すぎるといいますか、おれには身に余る贈り物ですので……」

ユスフはそう言って、レヴェントに小さな書簡を手渡した。視線でこれはなんだと問われたので「お礼の手紙です」と答えた。

「せっかくいただいたので、書斎で最初に書いた手紙は殿下にお渡ししようと」

ふーん、とつまらなさそうに書簡を眺めるレヴェントだが、尻尾がぱたぱたと左右に揺れていたので悪い気はしないらしい。そして、少し照れた表情を浮かべた。

「恋文か。ありがとう、ここで開いてよいか」

不思議な皇太子だな、とユスフは再び思った。

今は偽りとはいえ側室という立場があるが、本来なら顔も合わせることのない民草の手紙だ。それをさらりと受け取って礼まで言ってくれるのだから。

ユスフが「もちろん」とうなずくと、筒状に巻かれた紙を開いた。

そこには、書斎のお礼と今日後宮で起きたことを綴《つづ》っていた。

そばに、とささやかれる。ユスフを横に座らせたレヴェントが機嫌よくラク酒を呷《あお》る。

「充実した一日だったようだな。文法が独特だが、どこで習った」

「えっ、何か変ですか？　孤児院で習った通りのつもりなんだけどな……」

手紙には、こう書いた。

『すてきな書斎をありがとうございますだ。きょうラーレさまにやさしくしてもらいました。それと抱っこ紐を作るます。あすできますだ、楽しみにしてくださりぇ』

（どこか綴りを間違えたかな）

ユスフは首をひねった。

レヴェントは自分の一日の報告をしてくれた。

「酒を飲んだり、臣下と賭《か》けをしたりしていたよ」

政務は、と喉まで出かかったが、ぐっと飲み込んだ。自分の立ち入る領域ではないし、温情をかけてもらった身。進言できる立場ではないのだ。

レヴェントが「そういえば」と指で手紙に記したある文字をさす。

「抱っこ紐とはなんだ？」

「抱っこやおんぶのための補助の布です。庶民は赤ちゃんを抱っこやおんぶをしながら働くんですよ」

やはりレヴェントも抱っこ紐を知らなかったので、ユスフが解説する。加えて、その抱っこ紐がルウに必要となった経緯も伝えた。

「そうか、ルウが赤ん坊のように……」

「せっかくできるようになっていたおしゃべりも、喃語《なんご》しか発しません。まずは安心させることが大事ですから、しばらく密着しておきます」

それと、と言ってユスフはちらりとレヴェントの顔を見た。

「あの、今夜もお泊まりになりますか？」

そのつもりだ、とうなずくので、腹を決めてずいと近寄った。

「今夜は……もっと殿下の匂いをくださいませんか。どうも足りないみたいなのです」

ゴト、とレヴェントが杯を絨毯に落とす。乳白色のラク酒が広がって、じわりと染みを作った。

「た、足りないとは、どういう意味だ」

レヴェントの三角の耳がぴくぴくと動いている。

ユスフは恥ずかしくて、火照る頬を袖で隠した。

男女の閨事は全く作法が分からないが、ユスフだって成人男性だ。催して自分を慰めることもたまにある。狼獣人の妃たちから疑いの目をそらすには、おそらくそういった際の体液が必要なのだろうと思ったのだ。

(しかし、なんと言えばいいのだろうか、『体液をください』?)

ユスフは侍女たちに視線を送って、眠りこけたルウと一緒に下がってもらった。

「……で、足りないとは?」

レヴェントは腕組みをして難しい顔をする。それでも尻尾は先ほどより勢いよく揺れているので、機嫌は悪くないようだ。

秘密を共有する二人だけになったところで、小声でこう言った。

「今日、レヴェントさまに抱かれていないことがお妃がたにばれてしまったんです」

ぴたり、とレヴェントの尻尾の揺れが止まる。

ユスフは懸命に説明した。

輿入れの夜だから「手加減してもらった」「大切にされている」などの言い訳が通じるが、それが続くと関係を怪しまれるのではないか――と。

「ああ、そういうことか」

心なしかうつろな表情を浮かべるレヴェントを、ユスフはのぞき込んだ。

「おれ、何か失礼なことを言ったでしょうか」

レヴェントは胸元のカフタンの留め具を外しながら、ユスフに意味深な視線を送った。

「いや、言っていない。気にするな」

ふさふさの尻尾がへにょりと倒れたので、やはり不興を買ったのだろう。

突如、腰から引き寄せられて、長椅子にくつろぐレヴェントの腕に仰向けに寄りかかる格好となった。金色の狼の瞳がユスフを捕らえる。

「では今夜は、もう少し濃密な夫婦ごっこをしようか」

レヴェントは、ユスフのカフタンの留め具も外し始めた。

ユスフも、銀髪を編み込んでまとめていた髪紐を外すように命じられる。ゆっくりと髪紐を外し銀髪を解いていくと、艶やかな絹糸がはらはらと落ちていくように見えた。

大きな手が、ユスフの引き締まった腰の曲線をなぞっていく。

「男の身体が見苦しければ、おれは服を着たままで――」

「見苦しいものか。線は細いが無駄のない、いい身体だ」

長い指が、カフタンの下に着込んでいたブラウスを解き、ユスフの胸元を滑る。その触れ方がまるで羽根のようで、余計にもどかしくなる。胸の飾りに爪の先が引っかかると、なぜかむずがゆくなった。

「あ、あの……殿下、おれに胸はありませんが……」

「構わない。そなたはずいぶんと、うまそうだ」

顎を引かれ、唇同士が触れる。昨夜そうされたときに、両腕をレヴェントの首に回すように指示されたので、今夜も目を閉じて従う。

レヴェントの指が、ユスフの喉仏からすっと線を引くように下りていく。胸と腹の中心をまっすぐ滑り、下半身の中心をシャルワール越しになぞった。

「……っ、殿下そこは……」

「恥ずかしいか？　では私のも触れて、おあいこだ」

ユスフは身体を起こされて、向かい合わせで膝に乗せられる。

おそるおそるレヴェントの下半身に手を伸ばす。他人の昂《たか》ぶりに触れたことなどないが、レヴェントの真似をして指先でなぞってみると、硬くて熱い塊が息づいていた。

「そなたの身体が見苦しいと思っていれば、こうはならない」

レヴェントのため息交じりの声に、ユスフは無言で何度もうなずいた。

「寝台に運んでやろう」

自分で行けると申し出たが、ユスフを横抱きにしたレヴェントは聞いてくれなかった。

ちゅ、と唇に吸いついてきて、艶めかしい笑みをこぼした。

「これなら口づけをしながら移動できるから」

「く、口づけは、歩きながらでもでき――っん」

おしゃべりは終わりと言わんばかりに唇を塞がれる。ちゅくちゅくと音を立てて舌を絡め取られた。レヴェントと――目の前の雄々しく美しい狼と唾液《だえき》を交換していると思うと、顔が爆発してしまいそうだ。自分で「もっと匂いをつけてくれ」と頼んだくせに。

寝台に優しく仰向けに下ろされると、レヴェントがユスフにまたがった。上半身の衣服をすべて脱ぎ捨て、ユスフもあっという間に剝かれ下穿き一枚になった。

「声も抑えるな、耳の良い妃たちに聞かせてやれ」

そう言うと、ユスフの股に温かくてとろりとしたものが流される。嗅いだことのない花の香りがするので、おそらく人肌程度に温められた香油だ。その花の香りにレヴェントの雄の香りが混ざっている気がした。

「あ……」

ユスフはくらりと目眩がする。脚を開かされると、恥ずかしさで震えた。

「力を抜いて、痛い思いはさせない」

香油でぬめった双丘のあわいに、熱くてゴツゴツとしたものが触れる。脈打っているのでレヴェントの雄だとすぐに分かった。

(男女だと分かるのだけど、男同士だとどうするのだろう)

心臓が飛び出そうになりながらも方法を思案しているうちに、尻たぶの間をレヴェントの勃起《ぼっき》がぬるぬると滑り始めた。

「……っん、っ」

粘度のある水音とともに、その硬いものが前後に滑っていく。まるで長さ形、そして熱を思い知らせるように。

うつ伏せになって足を閉じるよう命じられ、ユスフは従った。すると、今度はその熱いものが股の間に侵入し、先端がユスフの陰嚢《いんのう》や陰茎をぐいと押し上げた。

「ひ、あああっ、あっ、で、殿下、こ、これは……」

「交接の擬似的なものだ、痛みはない」

そう言いながら、股の間にレヴェントの剛直が出入りする。

痛みを心配しているわけではない。臀部から陰嚢にかけての敏感な膨らみを擦られ、さらに陰茎まで揺さぶられるこの行為が、驚くほど気持ちがいいのだ。

「あっ、ど、どうして、こんなとこ……うわ、うそ……っ、き、きもち……っ」

自慰以外の生まれて初めての性的快楽に思考がついていかない。

本能的に逃げだそうと、寝台をずり上がるが「だめだぞ」と阻まれて、両手を敷布に縫いつけられてしまった。

「でっ、殿下、だってこんな、ああっ、うん……っ」

「ああ、かわいいな。何も知らない無垢《むく》な身体を責め立てていると思うと、申し訳なくもあるが……実に善い、私もやはり獣だったか……」

レヴェントの抽挿が速くなるにつれ、ユスフの尻の肉とレヴェントの下半身がぶつかり、パンッと音が響く。そのたびにユスフが喘《あえ》ぎ悶《もだ》えた。

刺激に耐えきれず浮いた腰を摑まれ、抱えられる。寝台とユスフの腰の間にできた隙間に大きな手が伸びてきて、ユスフの淡い色の陰茎を握られた。

「ああああっ、そこは……っ」

「そなたも苦しいだろう、一緒に善くなればいい」

そう言ってレヴェントは腰を打ちつけながら、ユスフを扱《しご》く。

あちこちに与えられる刺激に目を回し、ユスフはあっけなく白濁を先端からこぼしてしまった。

しばらくしてレヴェントもユスフの脚の間に吐精する。

レヴェントは唸りながら、ユスフの臀部に体液を塗り込むよう擦りつけた。

「グ……ウウ……」

その声は男性というより、狼の唸り声に近かった。

（ふ……夫婦って、こんないやらしいことをするのか……）

ユスフは絶頂の余韻に震えながら、魚のように口をパクパクさせた。


その翌朝のこと。

ユスフに向かい合うよう、特注の抱っこ紐で固定されたルウは、きょとんとした顔でこちらを見上げてきた。これはなんだ、という顔だ。

「抱っこ紐だよ。ルウは今赤ちゃんだから目が離せないからね、こうやって一日中ずーっと一緒にいるんだ」

瞳に星屑《ほしくず》をちりばめたように、ルウが目を輝かせる。

「赤ちゃんでいていいし、何か気づいてほしいことがあれば泣いて知らせてくれていいんだ。全部お世話するから。どんなことがあっても離れないから」

赤ちゃん返りしたとはいえ、聞いているのは三歳児だ。孤児院で入所児にミネたち保育婦がするように、ユスフもきっちりと意図を伝え、どれだけルウが困らせても見捨てないことを伝えた。

ルウはふっくらほっぺを赤く染めてうなずいた。

その抱っこ紐姿で広間に現れたときには、妃たちの嘲笑《ちょうしょう》が止まらなかった。

「いやだわ、何あれ」「亀の真似かしら、親子亀ね」

そもそも自分の手であまり子育てをせず、乳母に任せる上流階級の妃たちだ。子どもを身体にくくりつけている様子は滑稽《こっけい》に見えるだろう。侍女たちですら「そのお姿で出られるのですか」と心配をしていたのだから。

しかし、ユスフは堂々としていた。

(これがおれの〝普通〟だし、人の目を気にしてルウが欲しがっているものを与えないな

んて親代わり失格なんだ）

　身体はルウと密着しているので胸元がほこほこと温かい。少しうつむくと、じっとルウがこちらを見上げている。微笑みかけると嬉《うれ》しそうに顔を胸元に擦りつけてくる。手には木彫りの犬。赤ちゃん返りしても宝物は手放せないらしい。

（こんな幸せな触れ合い、お金を払ったってできないのに）

「後宮のお庭が広いから、探検に出ようか」

　そう声をかけると、ルウは「あう」と短く喃語で返事をしてくれた。

　道案内のために侍女を一人だけ連れて庭に出る。そこで遊んでいた後宮の子どもたちも、ユスフとルウの抱っこ紐姿に興味津々だ。ユスフはルウを抱っこ紐で抱えたまま、中庭の噴水で遊んだり、塔に登ったりした。

「人間のわりに身軽なのね」

　そんな声が聞こえてきて、はっとする。レヴェントの言いつけを思い出したのだ。

『緊急時以外は騎士とばれてはならぬ』

　一人の女児が連れていた大型犬が、ウウ〜ッと唸りながらこちらに向かって飛びついてくる。わざとけしかけたようだ。普段のユスフなら軽くいなせるが、方向転換をして走って逃げた。

「うわああっ、犬だっ、だれか〜たすけて〜！」

情けない声を上げながら逃げ回るユスフを見上げ、ルウが面白そうにキャッキャと笑う。大型犬の飼い主である女児が近づいてきて、おませな口調で責め立てた。

「あなた弱すぎよ！　にんげんってそんなに弱いの？」

木の上に避難したユスフは喚《わめ》いた。

「人間の中では普通くらいですよ、早くその犬を連れていってください」

その一幕を見守っていた妃たちは、ユスフの情けない姿を見て、道化を見るような調子で笑っていた。その表情にわずかに安堵がにじんでいる気がした。

（皇后陛下のおっしゃる通りだ、異質なおれが後宮にいるのは不安だったんだな）

以降、ユスフはことあるごとに「非力で情けない男」として振る舞ったのだが、そのせいで面白がった子どもたちがけしかけ、頻繁に犬に追いかけられることになる。

【3】優しくて情の深い放蕩者

　レヴェント皇太子は、帝国きっての放蕩者――。

　そんな不名誉な噂をささやかれるようになったのは、実はこの三年ほどなのだという。

　応接間で後見人イーキンとの面会を待ちながら、ユスフは噂好きの侍女たちの話を聞いていた。

　彼女たちによると、後宮で過ごしていた幼少期、そして独り立ちして立太子した少年期は、賢帝とたたえられた前皇帝――つまりレヴェントの祖父――の生まれ変わりだと言われるほどだったという。

「雄々しく聡明《そうめい》な皇太子殿下、博識なネヴァル第二皇子、人格者のカヤ第三皇子……このご兄弟がオスマネク帝国をさらに繁栄させるとたたえられていたのです」

「どうして、殿下は政務を執り行わなくなったんだろう」

「後宮で時折愚痴っていらっしゃるネヴァルさまによると『重圧から逃げた』と……。そのころから、皇帝が指揮に立たれる戦で負けることが増えて、兵法に長けた皇太子殿下への期待が大きくなっておりました。ネヴァル皇子はもともと、そんな皇太子殿下を慕っていらしたので、兄君の変容ぶりは、たいそうなご心痛だったことでしょう」

周囲のレヴェントへの期待は薄れつつある。幸い十八歳になる第三皇子カヤが心根も優しく真面目なため、ネヴァルとともに父帝を支えてくれるだろうと望みを託しているのだという。

「皇太子殿下はもう国の舵取《かじと》りにはご興味ないのかな」

「どうでしょう、皇后陛下はもとの誠実な殿下にいつか戻ってくださると信じていらっしゃるようですが、ネヴァル皇子を皇位継承者に推す臣下も多数いるようで、対立が日に日に鮮明になっているそうですよ」

ルウを背負って寝かしつけながら、ユスフがうーんと唸っていると、待ち人であるイーキンが部屋に入ってきた。

「余計な詮索《せんさく》をせずともよい、お勤めを果たせお勤めを！」

タヌキ獣人のイーキンは、偉そうに声を張り上げた。目の周りが一層黒くなっているので忙しいのかもしれない。

「イーキンさま！　お待ちしていました」

「まったく、私は忙しいのだぞ！　ほれ、これじゃ」

イーキンは侍女を下がらせると。懐から組紐でまとめられた書簡をユスフに手渡した。

「ああ、ありがとうございます……！」

それは、妹ミネからの手紙だった。

ユスフは後で知ったのだが、後宮の妃たちは、情報漏洩《ろうえい》防止の観点から外部と自由に連絡を取ることが許されていない。どうしても連絡したい場合は、後見人と宮殿という二重の検閲を通してやり取りしなければならない。

レヴェントがユスフに贈った、書斎や手紙を自由に送れる環境は粋なだけでなく、後宮の掟《おきて》の免除という特別措置だったのだ。

最近、その贈り物について、色々な妃から尋ねられることが増えた。

どうやっておねだりしたのか、なんと言ったら作ってもらえるのか——と。中には第一側室のラーレもいて「わたくしも皇帝陛下におねだりしてみましょう」と少女のように頬を紅潮させ、わくわくしていた。

ユスフはミネに自分が安全なところにいる旨、手紙を送っていた。

『くわしく言えないだけど、皇太子のお手伝いをしていますだ。喰われていない、心配しないでくださりぇ』

また返事はイーキンに届けるようにとも書いていたので、早速返信が届いたのだった。

ユスフはガサガサと書簡を広げる。横で「こらこらこら慌てるな、品のない」とイーキンが小言を漏らす。

『無事でよかったですだ。色々言いたいけど、まあいいでそう。生きて帰ってきてくれたら、それでいい』

ミネの手紙を横からイーキンがのぞき込んで言った。

「……方言か？」

ユスフはふふっと笑って、書簡を抱きしめた。

『生きて帰ってきてくれたら、それでいい』

その言葉に、ミネの苦しみが伝わってくる。兄を身代わりにしてしまったと泣き暮らしていたのだろう。目頭がじわりと熱くなった。もしあの噂通り、自分がレヴェントに食べられていたら、ミネは一生苦しんだかもしれない。

（ごめんな）

書簡に並ぶガタガタの文字を指でなぞった。そして、妹の幸せを願ったのだった。

「妹のことなら心配いらぬ。諸々《もろもろ》手配している」

イーキンによると、出仕したはずのミネが地元に残っているのが発覚し、郡主が「皇太子殿下に粛正される」と大騒ぎしていた。そこにイーキンが出向き、説明したのだという。

『殿下が兄のほうを気に入ったので、急きょ交代してもらった。妹の生活もこちらで保障する。周囲の者は手を出さぬよう』

ミネはイブラヒムと生活を始め、孤児院での仕事も続けている。イーキンが当面の生活費として現金を渡そうとしたが、それは受け取らなかったという。

『お兄ちゃんを売ったわけではないので……おつとめが終わったら帰してくださいね』

持ち帰っても仕方がないので、その金はミネの働く、そしてユスフたちの育った孤児院に寄付してきた――とイーキンは教えてくれた。

ユスフは深々と頭を下げた。

「イーキンさま……ありがとうございます、おれ、おれ、なんとお礼を言ったら……」

その頭をイーキンがぺしぺしとはたいた。

「やめよっ、やめよっ、しおらしくするな、気持ちが悪い！　私ではない、皇太子殿下がおっしゃるから――」

「殿下が？」

イーキンは「しまった」という顔をして口を塞ぐ。どうやら口止めされていたらしい。

「このことが殿下のご指示であることは聞かなかったことにするのじゃ、いいなっ」

「……はい！」

ユスフは書簡を強く抱きしめて、微笑んだ。心臓がきゅっと絞られたような感覚になる。嬉しくても胸が苦しくなるのだと、初めて知ったのだった。

その夜、やってきたレヴェントにユスフは改めて報告した。

「そうか、妹から返信が。よかったな」

その書簡を見せると、レヴェントはラク酒を思わず吹き出しそうになった。

「きょうだいで独特な文法を使うのだな」

ユスフはにこにこしたまま「通じればいいんです」とそれを宝物のように懐にしまう。

「しっかり読み書きや計算を教わるのは裕福な子どもだけです。庶民の子は幼いころから働きますし、おれたちを教えた孤児院の保育婦も、専門的に読み書きを学んだわけではないと思うので……」

肘をついてそれを聞いていたレヴェントが、自分の尻尾で遊ぶルウを撫でながら「ふむ」と唸っていた。

その夜は、ルウをユスフから離そうとすると火がついたように泣くので、三人で広い寝台に横になった。

親指を吸いながら眠りについたルウが、木彫りの犬を抱きしめていることに気づいた。

「この子、寝台にまで……」

ユスフの呟《つぶや》きに気づいて、レヴェントがのぞき込んできたので、木彫りの犬をいつも大切に持っていることを説明した。

「いろんなおもちゃを持っているのに、この不格好な犬がいいみたいなんです」

「……なぜだろうな」

「これはどなたかの手作りですか？」

「さあ、どうかな……ルウを拾ったときに手に持っていたような……」

レヴェントが突然「そうだ」と身体を起こし、寝台に腰かけた。壁に立てかけていた縦長の袋から取り出したのは、半月刀だった。

「鍛錬に必要だろう」

受け取ったユスフがすらりと抜くと、刀身が月の光に照らされて青白く光った。

想像以上に軽い。切れ味の鋭さも一目で分かる。柄《つか》や鞘《さや》に彫りはあるものの、ごてごてとした宝飾はなく、実践向きの洗練された意匠だった。

「殿下……とてもありがたいのですが……」

なんだ不満か、とレヴェントは顔をのぞき込んでくる。

「こんなに与えられてばかりでいいのでしょうか、おれは何もお役に立ててないのに」

レヴェントが妹のためにしてくれたことは、イーキンとの約束なので言わなかったが、ユスフは思い詰めていた。

「もとはあなたを謀った罪人です」

「そのはかりごとは、大切な者を守るために必要だったことだと私は知っている」

レヴェントの手が、半月刀の束を握るユスフの手を包み込む。顔を上げると、いつも笑みをたたえているレヴェントが、珍しく真顔でこちらを見ていた。

「それは罪とは呼ばない、そなたの誠だ」

金色の瞳に見つめられると、満月を仰いでいるような気がした。

「ありがとうございます……」

レヴェントはルウを起こさないようにそっと立ち上がると、侍女を呼んだ。ルウを見ておくように命じ「では行こうか」とユスフを振り返った。

意図が読めずにユスフは首をかしげる。

「使い勝手を試したいだろう、相手をしよう」

手合わせをしようと言っているのだ。

皇太子に手合わせを頼む騎士がどこにいるのか、と自問しながらも、握った半月刀の軽さやなめらかさに、好奇心が抑えきれなかった。

「よろしくお願いします、殿下におけがをさせないようにしますので」

そう言ったのは、剣の腕に少し覚えがあるからだった。レヴェントがいかに戦が得意だといっても、最前線に立つわけではないので、剣術はそうでもないだろう。

真夜中に二人で中庭に抜け出し、数分もしないうちに半月刀を弾き飛ばされたのはユスフのほうだった。

「お……お強い……」

ユスフはあんぐりと口を開けた。

「皇帝陛下が剣術を不得手とされていた反動で、私には厳しくてな。歴代の騎士団長に師事した。しかしそなたもいい腕だ。間合いを詰めた私の一撃を躱《かわ》せるとは思わなかった。

さすが騎士団に採用されただけのことはある」

「騎士団の剣術の鍛錬をのぞき見して、見よう見まねで鍛えてきましたから」

ユスフの返答に目を丸くする。

「誰にも師事していないのか」

「ええ……謝礼が払えなかったので」

レヴェントは口元に手を当てて、笑いを必死にこらえて震えていた。

「何かおかしかったでしょうか」

「いや、見よう見まねでここまでの腕になるとは大した才能だ。時々抜け出してともに鍛錬しよう、筋はいいが荒削りな理由が分かった。私も少しは教えることができよう」

ユスフは「いいのですか」と思わず乗り出した。騎士団でもまだ基礎鍛錬しかしていなかったので、剣術をもっと教わりたくてたまらなかったのだ。

「騎士団の剣術は基本大型獣人向けだ、体重の軽いそなたには向かない。力を受け流して軽やかに跳ねる戦い方がユスフには合うはず――」

レヴェントは、ユスフに半月刀を構えさせて、ゆっくりと分かりやすく教えてくれた。教えに飢えていたユスフは、相手が皇太子であり自分の主人であることを忘れて、真剣に聞く。戦場は試合と違い、力比べではないとも教えてくれた。「生き残った者の勝ちだ」と。

そして汗だくになるまで、稽古をつけてもらったのだった。

半月刀を構えたレヴェントは、一分の隙もなく、刀身と銀髪が月夜によく映えた。


翌日、ユスフは皇帝の第一側室ラーレにお茶に誘われた。

相変わらずの抱っこ紐姿で訪ねると、向こうの侍女たちには怪訝《けげん》な顔をされたが、ラーレ本人は笑顔で迎え入れてくれた。

皇帝の第一側室ともなると、部屋も広い。妃たちが共同で使う浴場も専用のものが室内に設けられている。ユスフは男だという理由で、共同の浴場を時間差で貸し切りのように使わせてもらっているのだが。

「突然のお招きにもかかわらず、いらしてくださってありがとう」

ラーレがくつろぐように促す。

「お礼が言いたくて。皇帝陛下におねだりしたら、あなたと同じように書斎と配達兵をくださることになったの。『息子に負けてはいられない』と」

「わあ、よかったです！　どなたか手紙を送りたい方がいらっしゃるのですか？」

ラーレは少し押し黙ってから、深刻な表情で打ち明ける。

「……実家にたった一人の妹がいて、余命いくばくもないと言われているので、できるだけ近況を知りたいのです」

　ユスフは自分に置き換えて、胸が痛くなった。

「ご心痛、お察しいたします、おれも妹が一人いるので……」

「ありがとう、辛気くさい話はここまで。実はあなたに贈り物があるの」

　ラーレは、文箱をユスフに渡した。

　開けると紙が入っていた。これまでに見た書簡用の紙とは手触りや厚みが全く異なっていて、目をこらすと白の中に薄紅の繊維が混じっている。花が散っているようにも見えた。

「東国から取り寄せた特別な紙なの。色のついた繊維を混ぜることで優しい風合いになるのよ。療養中の私の妹に送るには華やかすぎるので、すべてあなたに差し上げるわ」

「ええっ！　おれなんかが使わせていただいてもいいんでしょうか」

「ええ、珍しい紙だから受け取った方も喜んでくださるわ」

　お茶をしながら、後宮のつまはじき者であるユスフの話をラーレは親身に聞いた。ルウの成育歴などにも興味を持ってくれる。

「デグという土地の戦場で皇太子殿下に拾われたと聞いているのだけど」

「おれも多くは聞いていないのですが、そのようです。ルウは最近まで発語できていなかったので、拾われる以前のことを覚えているかどうかも怪しいみたいで。ただこの大切に抱いている木彫りの犬は、拾われたときに抱いていたのだとか……」

そうなの……と眉を八の字にして、ルウの数奇な運命に心を寄せてくれた。

「わたくしにはルウさまの遊び相手となる子どもがいないので残念だわ。ほかの妃たちの態度、許してあげてね……時間が経てばきっと心を開いてくれるはずよ」

後宮の子どもたちにルウが仲間外れにされていることもラーレは知っているようだった。

「ありがとうございます」

ユスフはルウの背中を撫でながら謝意を述べた。ルウは木彫りの犬を懸命にユスフの顔の前に突き出し「ん、ん」と唸っていた。

ラーレの部屋から自室に戻るところで遭遇したのは、第二皇子のネヴァルだった。

視界に入った瞬間、教わった通りの作法で廊下の脇に立ち、深々と頭を下げた。

ネヴァルは無視して通り過ぎるかと思いきや、ユスフの正面で立ち止まった。視線は前を向いたまま口を開いた。

「第一側室にまで取り入って、結構なことだ」

ユスフは頭を下げたまま、唇を嚙む。

「兄上は何を考えているのだ、政務もまともにこなさず、こんな男の側室まで……そんな体たらくだから国民も愛想を尽かすのだ。中身のない空っぽの男に成り下がったな」

「あのっ、お言葉ですが」

ユスフは顔を上げた。皇族に口答えするなどあってはならないと頭では分かっていても、

身体が勝手に動いていた。

「皇太子殿下は素晴らしい方です。政務のことは分かりませんが、とても情の深いお方です……!」

その声が大きかったせいか、ラーレたちも部屋から出てきて、騒ぎに目を丸くしている。

「知ったような口を。宮殿でのふぬけぶりを見せたいものだ。酒を飲んで、下らない余興で時間をつぶして。あれが未来の皇帝になるのかと思うとぞっとする」

ネヴァルは苦虫を嚙みつぶしたような顔で吐き捨てる。後ろからネヴァルの妃がそっとささやいた。

「ネヴァルさまが皇帝になればいいと、たくさんの者が思っておりますよ」

「ふん、そんなこと私が一番思っている。しかし一度立太子した者はその座を降りることができない。死なない限りはな――」

ゆっくりと口の端を引き上げたネヴァルを見て、ユスフの下唇が震えた。

「冗談でもそのようなことはおっしゃってはいけませんよ、ネヴァル皇子」

たしなめたのはラーレだった。第一側室にはネヴァルもあまり横柄な態度が取れないのか、「失礼」と一礼して自分の妃とともにその場を後にしたのだった。

震えていたユスフの肩に、ラーレがそっと手を置いた。

「お気になさらず、もう何年もこの状態です……きっと打ち解ける日が来ますよ」

ユスフは「はい」と小さな声で応えて自室に戻り、しばらくルウを抱きしめていた。ルウは大事に抱いていた木彫りの犬を、そっとユスフに貸してくれたのだった。

その夜は、レヴェントは後宮に姿を現さなかった。その代わり書簡が届く。

『今夜は遠征中の皇帝から書簡が届いたため、そちらへは行かない。だがせっかく配達兵がいるのだ、私にもその日起きたことなどを手紙で教えてほしい。私は今日は――』

書簡には、今夜の不在の理由と、今日の出来事などがつらつらと書かれていた。正しい文法を目の当たりにし、自分がいかに適当に文章を書いていたのかうっすらと分かる。それと同時に、レヴェントの宮殿でのふざけた生活ぶりもよく分かった。酒盛り、踊り子の余興、賭博《とばく》、変装しての街中探索――。ネヴァルの言う通りなのか、政務のことは一言も書かれていなかった。

（花嫁喰いは嘘だったけど、放蕩者の噂は本物か……）

読みながら思わず笑みがこぼれた。そこでユスフは自分が手紙をもらって安堵していることに気づく。先ほどまで、男の自分のもとに通うのが苦痛だから来ないのではないか、と不安に思っていたことにも。

ユスフは侍女たちにランプを多めに用意してもらい、ラーレからもらった東国の紙に返事を書いた。特に今日起きたことは報告しておかなければならなかった。

『きょうあラーレさまとお話をしますた。拾われたときにルウが持っていた木の犬の話をしたとです、新しいお人形おくださるとのことですだ。あとネヴァル皇子にくちごたえしたよね。よくなかったですだ、ごめんなさい』

書き上がった手紙をユスフは侍女に見せた。文法のまずさを自覚したので、添削を頼んだのだ。しかし侍女たちは首を振る。

「そのままのお手紙のほうが、皇太子殿下もきっとお喜びになります。添削など罪深いこと、私たちにはできません」

ユスフは口を尖らせながら書簡を筒に入れ、侍女を通じて配達兵に渡したのだった。

翌朝、ユスフは思いがけず複数の妃から声をかけられた。

「部屋の模様替えをしたいの」「書物を移動させるのだけど、お願いできるかしら」

狼獣人の発情期は早春から初夏。その間、妃たちは皇族を迎えるために部屋を整えたり、身体を入念に手入れしたりと大忙しだ。

慢性的な人手不足のため、皇族から指名がない上に身分の低い妃、もしくは後見人に力のない妃は、他の妃の手伝いをさせられるのが慣例となっている。

ユスフは皇太子の側室であり、イーキンという実は高官が後見でありながら、男子禁制の後宮において唯一の男手、ということで何でも屋のような扱いを受け始めたのだった。

〝犬に追いかけられるほどの弱虫〟という認識が後宮内で定着し、警戒するどころか声のかけやすい存在になったらしい。

言いつけられた用事を、ユスフも断らずに引き受けていた。

侍女たちは「皇太子殿下のご側室なのに」と渋い顔をするが、ユスフは前向きに捉《とら》えていた。

「贅沢《ぜいたく》でゆったりした暮らしは性に合わないんだ。少しでも誰かの役に立っていたほうが気が楽だよ」

何でも屋をしている間も、お腹または背中にはルウが抱っこ紐でくっついているので、陰では「後宮名物の親子亀」などと呼ばれていた。

簡単な足場を作ってくれ、と頼まれたユスフは、ルウを背負いながら木を削る。

離れたところから、五歳くらいの女児がこちらを見ているのに気づいた。先日大型犬を

ユスフにけしかけた子だ。視線はユスフというより、ルウに向けられていた。ルウが木彫りの犬を動かすと、尻尾がぱたぱたと動いている。侍女が後ろから耳打ちをした。皇帝の第四皇女セナだという。

「……このおもちゃが欲しいのですか？」

そう尋ねると、頬を染めてうなずいた。

セナの乳母が「お人形なら、新しい物をすぐに」と声をかけるが、彼女は首を振った。

「あの木のおもちゃがいいの」

ユスフはうなずいて微笑んだ。

「お客さま、何をおつくりしますか？」

「あのね、鳥よ！」

木彫りの人形屋の開店だった。

ユスフは頼まれた足場を完成させると、木を器用に彫って鳥を完成させた。さすがに本職ほどではないが、おもちゃの少ない孤児院では、このように小さい子によく作ってあげていたので難しいことではない。

「ありがとう、ユスフ！」

「またのご来店をお待ちしてます」

冗談めかして自室に帰ろうと立ち上がると、セナの後ろに子どもがずらりと並んでいることに気づく。

「僕は虎《とら》を所望する」「私は猫がいいわ」

次々と注文が入り、その日は夕暮れまで木彫りのおもちゃ屋をするはめになった。

終わりが近づくころ、背中におんぶしていたルウが突然泣き出した。

「わーんっ、ぼくも～ぼくも～！」

赤ちゃんに戻って言葉もしゃべらなくなっていたが、他の子どもにユスフを取られたような気分になって、我慢ならなかったのだろう。

「ぼくにもつくるのじゃ～！」

「作ってあげるよ、その前にお夕飯を食べない？」

「だめ、ぼくのつくる、さきに」

その日、ルウの木彫りの人形が完成するまで「だめ、おもちゃできてない」と夕飯を食べさせてもらえなかった。

ようやく夕飯を終えたころ、レヴェントが部屋にやってきた。

ルウがレヴェントに飛びついて、普段大切にしている木彫りの犬と、ユスフの作った木の人形を両手に持って見せた。

「もう一つ作ってもらったのか？　よかったではないか」

レヴェントはルウを抱き上げる。ルウも満足そうな表情を浮かべた。

赤ちゃん返りでハイハイしかしていなかったルウが飛び跳ねている。どうやら赤ちゃんに戻っての〝絆の結び直し〟は無事完了のようだ。木彫りのおもちゃの件で、何もできない赤ちゃんのままではユスフを取られると焦ったような気もするのだが。

ユスフはそれを指摘せずに見守るつもりだったが、うっかりレヴェントが口にする。

「ルウ、もう赤ちゃんはいいのか？」

するとルウはこくりとうなずいた。

「だいたいわかった」

その悟ったような三歳児の口ぶりに、また愛しさがこみ上げる。日頃の偉そうな口調といい、一体そんな言葉をどこで習ったのだろうか、とユスフは笑いながら首をひねった。

「ユスフね、ぼくと一緒ね？」

ルウがユスフに顔を寄せて、念を押してくる。初めて名前を呼ばれたことも、愛着対象であると認識されたことも、嬉しくてじわりと涙がこみ上げる。

「うん、うん、大事にするからね」

そう伝えると、ルウがふわふわのほっぺをユスフの頬にぎゅっと押しつけた。ユフスが思わず強く抱きしめてしまい「ぐえ」とルウが声を上げた。

レヴェントが「名前を呼ばれていいなあ」とぼやいて、ルウに尋ねた。

「では私は誰だ、ルウ」

「デンカ」

その返事に、レヴェントだけでなくユスフや侍女も固まる。

「……どういう意味だ？」

ルウは自分、ユスフ、レヴェントを指さして一人ずつ呼んだ。

「ルウ、ユスフ、デンカ」

侍女がピンときて解説した。

「皇太子殿下の呼称を、お名前だと勘違いしていらっしゃるのでは……」

レヴェントは三角の耳を立てて、「なんと」と瞠目した。

普段は誰もレヴェントの名を呼ばないし、拾われてからユスフと出会うまでは話せなかったこともあって、きっちり誰かに呼び方を教わったことがなかったのだ。

ユスフは口元を両手で塞ぎ、懸命に笑いをこらえた。当のレヴェントはがっくりとうなだれている。

「ユスフ、そなたはこれから私のことを名で呼ぶこと。これではいつまで経っても我が子に名前を覚えてもらえないではないか」

思わぬ命令に、ユスフの笑いが引っ込んだ。

「ええっ、そんな突然！」

「ルウ、覚えてくれ。私はレヴェント。そなたの〝ちちうえ〟だ」

ルウはユスフとレヴェントを交互に見て、こくりとうなずいた。

「あい、だいたいわかった」

本当に分かったのか怪しい返事だった。

こくりこくりと船をこぎ始めたルウを寝かしつけつつ、レヴェントが小声で話しかけてくる。

「そういえば、木彫りのおもちゃの話を皇帝の第一側室にしたとか」

「はい、拾われたときに持っていた物だと話したら、同情してくださって新しい物を贈ってくださると」

レヴェントはそうか、と微笑んだ。

「ありがたいことだ。しかし、今後ルウが拾われたときの話は秘密にしてくれ。差別的な態度を取る者もいるかもしれない。彼女はそうでないとしても」

ユスフははっとして自分を恥じた。

「すみません、お許しもないのに口外してしまって」

「隠していないことだ、今後はそうしようというだけ。気にすることではない」

ルウの髪を撫でていたレヴェントが、今度はユスフの髪に手を伸ばした。

頭皮にするりと指が触れ、なぜだかぞくりとしてしまう。

「ネヴァルとのことも、気にしなくてよいぞ」

昨日の口答えを、手紙で報告したことを思い出す。「あっ」と思わず口に出してしまって、そのことをすっかり忘れていたのがばれてしまった。

レヴェントがくつくつと笑って「その調子だ」と頭を撫でてくれた。

(今夜は……するのかな)

あの獣のような、身体の擦り合いを。自分が自分ではなくなってしまいそうな、あの擬似的な夫婦の行為を——。

股の間を出入りする熱を思い出し、ユスフは自分の身体がじんと甘く痺《しび》れるのが分かった。

（するのかな、どうかな。いや、これがおつとめだから気になるだけで、別に何かを期待してるわけじゃ）

心の中で、相手もいないのに言い訳をしてしまう。

レヴェントはユスフの視線に気づく。

「濡れた宝石のような瞳で見つめられたら、食べてしまいたくなるな」

ユスフはきゅっと唇を結んだ。食べる、の意味が分かってどきどきしてしまう。

（殿下との睦み合いの痕跡を残すのに必要なことだから）

また心の中で誰かに言い聞かせる。

ユスフは自分の頭を撫でていたレヴェントの手を両手で取り、その手のひらを自分の頬に当てた。

「……ど、どうぞ……？」

ちらりとレヴェントを見上げると、金眼が見開いていた。

のぞき込んでくる表情は固まっていたが、その後ろでふさふさの尻尾がぱたぱたと左右に揺れていて、嫌がられているのではないと分かる。

（おれ、なんでほっとしたんだろう）

その答えを探す間もなく、レヴェントに口づけされた。

「っん……」

ひょいと抱えられ、柔らかな長椅子に腰を下ろすと再び唇を重ねる。寝台に残されたルウは気持ちよさそうに寝息を立てている。

その横で、青白い月明かりに照らされながら何度も口づけをした。

息継ぎの仕方も学んだし、ユスフがかつて実行した唇を押しつける行為は、口づけの範《はん》疇《ちゅう》にはないということも理解している。舌を絡めたり、混じる唾液を飲み下したり、歯列をなぞったり。そんな行為の恥ずかしさが上限を超えると、甘い痺れに変わっていく。

「そういえば、もう他の妃たちに怪しまれていないか？」

口づけの興奮を断ち切るかのようにレヴェントが話題を振った。少し胸がちくりとしながら、ユスフは大丈夫、とうなずく。レヴェントとの閨事について笑われたのは、結局一度きりだった。疑似的な夫婦の営みの効果があったのだろうか。

「不愉快な思いをさせたな。後宮は寵愛の奪い合いだから、主人が部屋に来る頻度や閨事の濃さで優劣を決めたがる者が多いのだ」

「平気です。からかわれないように、匂いをもっといただかないといけませんね」

そう言ってしまった後で、とんでもないことを口走っていることに気づく。うつむいて「失言でした」と消え入りそうな声で謝罪した。

レヴェントがユスフの手を引き、自身の腕の中にすっぽりと収める。

はあ、と大きなため息が聞こえたので、再度謝罪する。不興を買ったと思ったからだ。

「ユスフ……私は苦しい」

レヴェントの呻《うめ》きに、ユスフは顔を上げた。

体調が悪いのかと顔色を見るが、予想に反して頬は紅く染まっている。視線の意味を察したのか、少しむくれてみせた。

「体調ではない、耐える苦しみだ」

「何かおつらいことでも起きたのですか」

ユスフは少しでも慰めになればと、そっと背中に腕を回しさすってみる。

するとまた盛大なため息。

「分かっていない。そなたは何も分かっていない……目の前にいるのは獣なのだぞ」

三角の耳が怒っているかのようにぴこぴこと上下する。

「存じてます、獣人……それも全種族の中でも力のある狼一族で」

「はあ、やはり分かっていない。私は苦しいぞ、ユスフ」

「大変なお立場なんですね……」

寄り添ったつもりで声をかけるが、白けた顔をされる。その真意を尋ねるつもりで「殿下」と呼ぶと、唇に彼の人差し指が触れた。

「私の名前はなんだ？」

今度はすねているような声音だ。

「レ、レヴェントさま、です」

満足したのか、尻尾がふさふさと左右に揺れた。背中に回した手が尻尾に撫でられて心地いい。駆けずり回った昼間の疲れと、包まれたぬくもりも手伝って、ユスフの瞼がとろりと落ちてきた。

（ああ、先に寝てしまうなんて無礼にもほどがある）

そう言って目を開けようとすると、レヴェントの指がそっとユスフの瞼を撫でた。眠りなさいと伝えるように。

美しくて情の深い皇太子。なのに周囲の評判は悪く、それを楽しんでいるかのようにも見える。ユスフは思わず、本音が漏れてしまった。

「おれには、でん……レヴェントさまがよく分かりません。ふらふらしていたり、ふざけていたり、お優しかったり、剣術がお強かったり、今日みたいにいろんな顔をしたり……おれが人間だから勘が悪いのでしょうか。もっと殿下の、ことが、理解できたらいいのにと、おれ……」

意識が暗闇《くらやみ》に引きずり込まれる。

さり、と衣擦れの音がして、耳元で低い声に「レヴェントだ」と呼び方を訂正された。

「レヴェント……」

敬称もつけ忘れて復唱し、ゆっくりと身体が沈んでいく。

気がつくと、水辺で幼い妹に花冠を作って頭に載せていた。

自分の手も小さいので、幼少期の夢を見ているのだと分かった。春だろうか、ぽかぽかと暖かく太陽の匂いがする。

人の気配がして振り向くと、レヴェントが似たような花冠を手に提げてあぐらをかいていた。側頭部の三角耳は、なぜだかしょんぼりと垂れている。

ユスフの頭に花冠を載せ、困ったような笑顔を見せた。

『そなたが、そなたのような人物でなかったら、苦しむこともなかったのに』

どういう意味ですか、と尋ねたかったが声が出なかった。

レヴェントは空を見上げて『もうすぐ満月だ』と言った。

太陽の匂いがしているのに、なぜ月の話をしているのだろうとユスフは不思議に思いながら、花冠にそっと触れた。


翌朝は寝坊することなく、レヴェントよりも早く起きて支度ができた。目覚めたときには寝台だったので、あのままレヴェントが運んでくれたのだろう。

宮殿に渡る、白い橋での見送りには今日もルウが同伴した。あの抱っこ紐でユスフに抱えられた姿で。

「ルウ、大体分かったから抱っこ紐はもういいのではないのか？」

レヴェントがのぞき込んでからかうと、ルウはぷいと顔を背けた。

「これはまだする」

あまり自尊心を傷つけてはかわいそうだとユスフがかばう。

「抱っこ紐は身体が密着して安心するんですよ、何よりルウが温かくてとても助かっています。レヴェントさまも使って抱っこしてみませんか」

レヴェントが身体を反らして、大げさに反応してみせた。

「私が？　この抱っこ紐を？　絶対しない、美意識に反する。いつもの抱っこでいいではないか」

「じゃあ、いっぱいだっこせんか」

突然の大人びた――というより中年高官のような偉そうな口調に、その場にいた大人がどっと笑った。

橋の中央でレヴェントを待っている臣下――タヌキ獣人と目が合って、ユスフは気づいた。

「そうか、ルウのしゃべり方、イーキンさまそっくりなんだ！」

ユスフが微笑ましくイーキンを見ると、歩み寄ってきて「何を見ている、やめんか」とねめつけた。なんでもない、と笑いをこらえているとイーキンが顎に手を当てた。

「はーん、大体分かったぞ、私の目の周りが黒いから笑っているのだな」

だいたいわかった、も含め、ルウの三歳児らしからぬ口調の原因がはっきりし、レヴェントとユスフは視線を合わせて再び吹き出したのだった。

午後は皇后ギュナナに呼ばれ、失礼のないよう正装で部屋を訪ねた。

多くの妃は自分用と侍女用の二部屋を与えられるが、皇后の部屋は八室ほどあり、そのうち一室は豪奢な応接間として使われていた。

「急に呼び出して申し訳ありません、どうぞおくつろぎを」

皇后の侍女にカフヴェを出され、ユスフは作法を間違えないようにゆっくりと口にした。

ユスフが「お招きありがとうございます」と挨拶をしてまもなく、ギュナナの小言が始まった。

「なぜ、他の妃の小間使いのようなことをしているのですか」「あなたは皇太子殿下の側室なのですよ」「あなたがホイホイ引き受けるから、妃たちが増長するのです」

側室としての自覚はあるのか、そんな教育も受けないままここに来たのか――など、怒りは孕《はら》んでいないが、淡々と時間をかけて責め立てられた。

体格的には獣人女性であるギュナナと変わらないのだが、ユスフはどんどん背が丸くなり小さくなっていく。

「か、返す言葉も……ございません……」

「姿勢が悪い！」

「はい！」

まるで騎士団の指揮官に叱られているようだった。

こってり絞られたあと、皇后付きの侍女が同情してくれたのかお菓子を出してくれた。

粉がまぶされた色とりどりの立方体は、一口で食べられる大きさになっている。

視線で尋ねると侍女は「ロクムという飴《あめ》菓子でございます」と優しく教えてくれた。

ぽいと口に入れると、もっちりとした食感とともにじわりと柘榴《ざくろ》の味と香りが広がった。

「わあ、おいしい！」

「ロクムは初めてですか。男性なので厨房《ちゅうぼう》が揚げ菓子を中心に出していたのでしょうね」

銀の皿には、さまざまなロクムが載っていた。色のついたもの、木の実がぎっしりとつまっているもの――。

「初めてです、甘くて優しい食感ですね。ルウは食べたことがあるのかな。レヴェントさまはもちろん食べていらっしゃいますよね。ああ、ミネにも食べさせてあげ――」

興奮して饒舌《じょうぜつ》になってしまい、はっと口を塞いだ。

「し、失礼しました……」

またねちねちとたしなめられるかと思いきや、ちらりとうかがったギュナナの表情はうっすら笑っているようにも見えた。

「ミネとは姉か妹でしょうか。美味なものを食べたとき、浮かんだ顔が大切な人——とよく言ったものです。殿下とも殿下のお子となったルウとも、仲睦まじいようですね」

その声音だけは、母親を思わせる温かみがあった。

ユスフは胸がツキと痛んだ。自分はレヴェントの偽りの側室だ。継子のレヴェントを大切に思っているギュナナを、そしてラーレをはじめ他の妃も騙《だま》しているのだ、と。

後ろめたくなり、視線をそらしたくて思わず応接間を見渡した。

皇帝の第一側室ラーレの部屋と同様、豪奢ではあったが、雰囲気が違うのは見慣れない絵画や陶磁器が並んでいるからだろうか。

「調度品が珍しいですか」

ギュナナに声をかけられる。

「すみません、見たことがない絵や焼き物だなと思って。外国のものですか」

絵画は西国のもの、陶磁器は東国のものだと教えてくれた。

「西国は才能ある画家が生き生きと描ける環境があります。貴族が文化芸術を守るために支援しているのです。東国の陶磁器も同様で、領主が手厚く保護し、職人や伝統工芸が外部に漏れないよう厳重に管理した結果、特産となり交易でも栄えるようになりました」

自分の生活範囲のことしか知らないユスフにとっては、ギュナナの知見が輝いてみえる。

後宮では閨事のこそこそ話や、いかに自分の容姿を華やかに見せるか、といった話題が多かったせいもあるかもしれない。


「皇后陛下は博識なお方なのですね」

「美は年とともに衰えますが、知識は無限に吸収でき、財産となります」

ギュナナはカフヴェの器を侍女に渡すと、緑色の浅い器をユスフに手渡した。ずしりと重い。どうやら石で出来ているようだ。全体に繊細な彫刻が施され、両側の取っ手にはヘビに似た架空の生き物が彫られていた。

「その翡翠の器を作った国はもう存在しません。寵妃に入れ込んだ王の失政によって滅びました。善くも悪くも、妃の放つ言葉は統治者に響いてしまうのです。あなたも皇太子殿下――未来の皇帝にお仕えする身、磨く部分を間違えぬよう」

ユスフは、ギュナナをまっすぐ見つめて「かしこまりました」と返事をした。

国の頂点に立つ女性の器と責任感に、胸が熱くなった。国民としても誇らしく、騎士に復帰したらお守りすることもあるのだと思うと喜びがこみ上げる。

レヴェントから『今夜は行けないが、さみしくて泣かないように』と書簡が届いたのは、夕方のことだった。

「皇后陛下との面会のことをお話ししたかったのにな」

そう漏らしながら、侍女に頼んだロクムを指でつついた。レヴェントに会えない、というだけで落ち込んでいる自分が不思議だった。

「いや、別に会いたいわけじゃなくて、ほら、話とか……」

何か言われたわけでもないのに、自分の膝の上でロクムを頬張っているルウに言い訳をしていた。

ロクムの中にはくるみ入りもあったため、それ以外をルウには与えた。

ルウはバラ風味とココナッツ風味のロクムを同時に頬張り、味の相性が悪かったのか複雑な顔をしていた。

【4】激情と本当の姿

まもなく、後宮がひっくり返るほど慌ただしくなった。

前線で指揮を執っていた皇帝イルハン二世が二ヶ月ぶりに帰陣するとの書簡が届いたのだ。

普段から多忙のため皇帝が後宮に渡る頻度は低いが、長期遠征のあとは十日ほど寵妃《ちょうひ》たちのもとで疲れを癒《い》やすことが多い。皇后や、皇帝が夜伽《よとぎ》に指名した妃以外は総出で歓迎の準備をすることとなる。ユスフも例に漏れず慌ただしく駆け回った。もちろん皇后ギュナナの忠告にも留意しながら。

皇帝が宮殿に到着したその晩、後宮の空気はぴりぴりと張り詰めていた。

普段はもう少し和やかだそうだが、今夜は事情が違った。北西のペトゥルク共和国と国境で戦っていた皇帝軍が、撤退して帰ってきたのだから。

侍女が小声で教えてくれた。

「ペトゥルクとの戦は、皇太子殿下が指揮を執る戦は圧勝するのですが、皇帝軍は最近めっきり……」

近年、苦戦している話は巷《ちまた》でも噂《うわさ》になっていたが、それが特定の国を相手に、さらに皇帝軍に限って——ということらしい。

「レヴェントさま、政務はお好きでないようだけど、兵法はお得意なんだよね」

「お得意どころか、皇太子殿下が指揮を執っていると分かると、名前だけで敵将が諦《あきら》めると言われておりますよ。そうなんです、戦だけ……」

侍女たちは緩いため息をついた。これが多くの国民の反応なのだろう。

「ですから、本日皇帝陛下はご機嫌が芳しくないかもしれません。ユスフさまが後宮に入られたことは報告が行っているでしょうから、重々お気をつけくださいませねっ」

鼻息の荒い侍女が詰め寄る。おそらくネヴァル皇子に口答えしたときと同じ轍《てつ》を踏むなと言いたいようだ。

心得ました、とユスフはどちらが主人か分からない返事をした。

白い橋を渡ってきた皇帝を、後宮の入り口で迎えたのは第一側室のラーレだった。

ラーレは深く頭を下げ、皇帝の後ろをしずしずと追う。その場にいた者はすべて端に立ち、頭を下げた。声をかけられない限りは、決して顔を上げてはならない。

ルウを抱っこ紐《ひも》で抱えたまま回廊の端に控えたユスフは、侍女の忠告を守って静かにしていた。

前を通り過ぎたかと思いきや、皇帝が立ち止まる。

どきりとした。何かやらかしていただろうか、と。

「……お前か、レヴェントの男の側室は」

そう声をかけられ、ユスフは頭を下げたまま答えた。

「さ、左様でございます！」

顔を見せよと言われたので、おずおずと頭を上げると、赤いカフタンに身を包んだ褐色肌の狼獣人――皇帝イルハン二世がユスフを無表情で見下ろしていた。焦げ茶色の耳や尻尾《しっぽ》と同色のあごひげは、長く細い。眼光は鋭く、レヴェントと同じ金色の目をしていた。

威圧感に、ユスフはごくりと喉《のど》を鳴らす。

ラーレが、白くて艶《つや》やかな尻尾を振りながら優しく口添えをした。

「ね、陛下、私がたびたび申し上げたでしょう？　ユスフさまは男性で人間なのです。小柄で愛らしいでしょう」

その声はいつもより高く、甘さを孕《はら》んでいた。

「そうだな、顔も悪くない。しかし、その子どもをぶら下げた姿はなんだ」

怪訝《けげん》な表情で問われ、ユスフは声を裏返して答える。

「だ、抱っこ紐でいつも一緒にいられるようにしておりますっ」

なぜだ、と理由を問われてしまったので、ユスフは困惑した。

「子どもが一緒にいたいと言ったら、親は願いを叶《かな》えるのが当然かと……」

「ぼく、ロクムほしい」

願いを叶える、という言葉に反応してルウがユスフを見上げた。

「あっ、あとでね、このあとすぐね」

ユスフの慌てる様子を見た皇帝が、声を上げて笑い出した。無礼を働いたと首を切られるのではとドキドキしていたユスフに、顔を近づける。

「母性あふれる男とは！　面白い」

「ね、人間の男性って素敵でしょう、陛下」

ラーレが皇帝にすり寄ってささやく。

「そうだな、私の側室としよう」

後宮の時間が止まったように静まりかえった。

「えっ！」

ラーレが、彼女らしくない大きな声で驚いている。

「なんだ、それではいけないのか」

「いえ、ユスフさまは皇太子殿下のご側室ですのよ」

「皇帝が、他の者の妃を気に入って娶《めと》ることも大して珍しいことではない」

皇帝イルハン二世とラーレの会話が、耳に入ってこない。ユスフは驚きのあまり身体《からだ》も思考も硬直してしまった。

（なんとおっしゃった？　おれが皇帝陛下の側室？）

　皇帝は後宮の女官長をそばに呼んで、指示をする。

「そうと決まればすぐに私の――」

（どうしよう、皇帝にとってはおれの意志なんか関係ないんだ、でもここで口答えしたらレヴェントさまの立場が）

　うつむいたまま、ぐるぐると思考を巡らせる。手のひらにじっとりと汗をかき、全力疾走したような鼓動がこめかみから聞こえてくる。ユスフの動揺に気づいたのか、ルウが自分が傷ついたような顔で見上げてくる。

「なりません」

　低く凛《りん》とした声が、皇帝の背後から聞こえた。

「レヴェント、誰《だれ》に向かって口を利いている」

　皇帝が振り向かずとも気づいたのは、声なのかそれとも匂《にお》いなのか。ゆっくりと振り返りながら、息子に向かってグルルルと唸《うな》った。口元から白い牙《きば》が見え隠れする皇帝の覇気に、周囲の妃や侍女たちが耳をへたらせる。

　一人だけひるむことなくレヴェントは皇帝に歩み寄った。いつものような笑みもない。美しい人に表情がないと、冬が訪れたように場が凍りつく。

「あなたですよ、皇帝陛下」

大型の狼獣人の男が、しかもこの国の頂点にいる二人がにらみ合っている。その光景にユスフはごくりとつばを飲み込んだ。

「ここは私の後宮だ。お前たちの妃も置かせてやっているだけにすぎぬ。私の一存でどうすることもできるのだぞ」

「普通はそうでしょうね。しかし思い出してください、あなたの長男はなんと呼ばれていますか？　〝放蕩《ほうとう》の皇太子〟ですよ、従うわけがない」

「……いつまで馬鹿をやっているつもりだ、お前は」

「馬鹿に終わりがあるとでも？　誰に似たのでしょうね」

とにかく、と皇帝が呟《つぶや》いたかと思うと、ユスフは二の腕を摑《つか》まれて引き寄せられた。

「気に入ったものはすべて手に入れる。それが許されているのが皇帝だ」

「れ、レヴェントさま」

助けを求めようにも、ユスフは掠《かす》れた声しか出せなかった。

直後、全身の産毛が逆立つような殺気を浴びる。ユスフは毛穴という毛穴から汗が噴き出した。本能が命の危険を警告しているのだ。

その殺気を放っているのは、皇帝ではなくレヴェントだった。

「私の妃から手を離してください」

離してください、と頼んでいるように聞こえるが、すでに皇帝の手首を握りしめていた。

「皇帝が私の妃を奪おうというのなら、私があなたを引きずり下ろして皇帝になりましょう。今すぐに」

「き、貴様……っ」

一触即発、といった雰囲気に割って入ったのは、唯一それができる人——皇后ギュナナだった。

「はいはい、お二人ともそれまで」

ギュナナは二人を引き離して、皇帝の乱れたカフタンを整えた。

「お帰りなさいませ、皇帝陛下、ご無事で何よりでございます」

皇帝はぶすっとした表情を浮かべているが、ギュナナにされるがままだ。

「ユスフは、これまで身を固めようとしなかった皇太子殿下が連れてきた妃です。陛下もそのことを案じておられたではないですか。奪ってしまっては、今後新たな妃を娶っておお世継ぎをつくろうという気など起きないでしょう」

「他の妃は考えておりません」

レヴェントがギュナナの説得に水を差す。

さらにやっかいなことに、ネヴァル皇子まで後宮に姿を現した。

ネヴァルは揉《も》めている父や兄を一瞥《いちべつ》し、嫌みな笑みを浮かべた。

「おや皇帝陛下、お帰りなさいませ。戦地ではご活躍だったようで」

事情を知らないユスフでも、撤退してきた皇帝への皮肉だと分かる。

「どうして私の息子たちは、こうもかわいげがないのだ。もうよい！　今宵《こよい》は誰も私の部屋に入るな！」

顔を真っ赤にした皇帝は、ともに過ごすはずだったラーレをも置いて、足音を立てて専用の寝室に去っていく。置いてきぼりをくらったラーレにネヴァルが声をかけた。

「ラーレさまも災難ですね、あのように器の小さな男を相手にするのは」

レヴェントが茶々を入れる。

「そんな口が利けるとは偉くなったものだな、ネヴァル」

「これだけ戦で勝てない父上が、本当に皇帝にふさわしいとでも？」

「少なくとも私よりはいいんじゃないか？」

「ご自身のことをよくお分かりで。ところで本日お願いした政務は終わらせてくださいましたか？　兄上の印がなければ動かせない備蓄なので」

「するわけないだろう、商人に変装して市中で酒盛りをした。おいおい、そんな顔をするなよ。国民の生活を知るのも大事だろ？」

「……っ、どうしてあなたは、いつもいつも……！」

親子喧嘩《げんか》の次は兄弟喧嘩。挟まれたラーレが、うろたえている。

「ネヴァル。この状況が面白くないなら実力で皇位を奪うんだな。皇帝と私を討てば、そなたが即位できる。なに、この帝国の歴史では珍しくないことだ」

レヴェントの挑発に、ネヴァルは不敵な笑みで答えた
「気の小さい私にはそれができないとお思いなのでしょう？　楽天的なお方だ」

兄弟でにらみ合う様子に、ラーレは困惑したままその場を後にした。

（なんで親子や兄弟でこんなに仲が悪いんだろう）

ユスフは、自分と妹がいがみ合う場面を想像して苦しくなった。

レヴェントとともに部屋に戻ると、レヴェントはルウを侍女に預けて、ユスフを別室に移した。

二人になった途端、肩を強く摑まれた。

「なぜ皇帝の側室になれと言われて断らなかった？」

「断ってよかったんですか、レヴェントさまのお立場が悪くなるんじゃないかと」

「よく見ろ、この体たらくだぞ？　すでに立場などない」

（ご自分で言っちゃって、おつらくないのだろうか）

言っている当人は痛くもかゆくもないようで、皇帝に摑まれたユスフの二の腕を必死にくんくんと匂いを嗅《か》いだ。

「ああ腹立たしい、父上の匂いがする」

がばっと抱き込まれ、匂いを上書きするように強く抱きしめられた。

「れ、レヴェントさま……っ」

抱き込まれた圧迫感でユスフは苦しげな声を上げる。謝罪しつつ、レヴェントは伏し目がちにこう言った。

「すまない、そなたのことになると冷静でいられなくなる。今日だって昼間もユスフの顔がちらついて、任務に集中できず相手に迷惑を――」

「任務？　相手？」

ユスフが顔を上げて復唱すると、レヴェントが「む」と唸った。

先ほどのネヴァルとの会話では、市中で酒盛りをしていたのではなかったのか。

「今、任務とおっしゃいましたね」

「気のせいでは」

いいえ確かに聞こえました、とユスフは詰め寄る。逃がすまいと、レヴェントの腰に両腕を回して手をがっちりと組んだ。

レヴェントは「月がきれいだ」などと窓の外に視線をやるが、今夜は曇りだ。

「おかしいと思ったんです、あなたのような誠実でお優しい方が、なぜ〝国一番の出来損ない〟などと言われているのか」

ユスフはレヴェントを寝台に押し倒した。ギシッと寝台が軋《きし》む。レヴェントに覆い被《かぶ》さって周りに聞こえないよう、顔を近づけてささやいた。

「そうなるように振る舞っていたのですね？」

レヴェントが気まずそうな表情を浮かべて、耳をしょげさせる。観念したようだ。

大きな手のひらにユスフの頬《ほお》が包まれ、引き寄せられる。

「どこで誰が見ているか分からないから、小声で受け答えをするように」

ユスフはうなずく。

「隣国に情報を流す裏切り者がいる。そのせいで国境での戦がままならなくなった」

内容はユスフには想像もしていなかったことだった。

「内通者をあぶり出すために、遊び好きで権力に興味のない放蕩者を演じている」

レヴェントによると、内通者らしき高官の一人は〝放蕩の皇太子〟の前では警戒がゆるみ、酔って寝たふりをしている部屋に堂々と侵入することもあるのだそうだ。彼らを泳がせているうちに、後宮にも黒幕がいることが分かってきたのだという。

「私は妃を持たなかったため後宮に出入りしたことがなかった。突然妃を作るとあやしまれる。そんなときにルウのために呼んだ乳母が、男の花嫁姿で飛び込んできた」

男が好きだったから、と言えばこれまで妃をとらなかった言い訳にもなるし、ルウもユスフに好反応を見せた。さらに自分も後宮に自由に出入りできる、というわけだ。

国家の機密を聞いているせいなのか、レヴェントと身体が密着しているせいなのか、混乱したように心臓が早鐘を打つ。

「しかしそれではレヴェントさまのお立場があまりにも――」

未来の皇帝ともあろう人物が、国民に嘲笑《ちょうしょう》されるまで評判を落とさなければならないのか――ユスフは問うた。

「最終的に私から皇位継承権が消えてもネヴァルがいる。いい器だ。私が皇帝になることではなく、この国が脅かされることなく発展することが大事なんだ」

レヴェントは眉尻《まゆじり》を下げて笑っている。

（本当に国のことを思っていらっしゃるんだ）

ユスフは想像した。いい行いをして誰かのためになれれば賞賛もされるだろうが、国を思っての行動が、嘲笑され蔑《さげす》まれ、あまつさえ弟にさえ憎まれるなんて――。自分だったら心が耐えられただろうか。よほどの信念がないと音を上げてしまいそうだ。

ユスフは自分の頬が濡《ぬ》れていることに気づいた。

自分の勘は正しかった。戦場で拾ったルウを我が子のごとくかわいがる慈愛に満ちた心、自分や妹のために尽くしてくれる誠実さ――。日々、レヴェントが見せるその姿は、花嫁《はなよめ》喰《ぐ》いをする、戦以外はやる気を出さない出来損ない、見た目がいいだけの放蕩者などと聞かされてきた悪い噂と、あまりにも食い違いすぎていた。

それどころか、自身の威信に執着せず、この国に利することだけを考えて振る舞っていただなんて――。

「おれは……おれはレヴェントさまが素晴らしい方だって知っていました。あなたの巻での評判と、おれの知ってるレヴェントさまが別人のように思えていました。それは全部、計算ずくだったんですね」

レヴェントはユスフの涙に気づき、頬を拭《ぬぐ》ってくれた。ユスフはその指先をぎゅっと握る。

「レヴェントさまがおかわいそうです、ずっとお一人で頑張ってこられたのですか」

ふとレヴェントが微笑《ほほえ》んだ。一人ではない、と。側近のイーキンなどわずかな近い者だけは知っていて、レヴェントが演技で怠けた政務を肩代わりしてくれているのだという。

「かわいそうなのはそなただ、ユスフ」

すまなかった、とレヴェントはわびた。

「縁談よけなどと嘘《うそ》をついて、そなたを利用してしまった」

懸命に首を振った。

「言ったろう？　私も嘘つきだと」

そういえば妹のふりをして出仕した日、そのようなことをささやかれた記憶がある。

「国や国民のためではないですか、謝罪など必要ありません。そもそもおれがあなたを謀《たばか》ったことがすべての始まり――」

「嫌われたくないんだ」

レヴェントの指がユスフの頬をなぞった。顔が近づいてきて、鼻をつんと突き合わせる。

「レヴェントさ、ま……？」

「そなたに嫌われたくなくて、今、心臓が信じられないくらい跳ねている」

低く甘く響くその言葉に、ユスフの心臓はぎゅっと絞られる。

男であるユスフだからこそ後宮妃に最適だ――と考えた自分を殴りたいと、レヴェントはため息をついた。

「女はこじれると男のそなたを選んだのに、蓋《ふた》を開けてみるとどうだ。そなたのことばかり考えている。東の強国が一人の美姫《びき》で傾いた理由が身に染みて分かるよ……」

今日だってユスフを奪われそうになり想定外の行動をしてしまった、とレヴェントは打ち明ける。権力に興味のない皇太子を演じなければならないのに、自分が皇帝になるなど啖呵《たんか》を切ってしまったからだ。

「働き者で子どもに人気で、侍女にも優しくて、妹思い、そして剣術の筋も良い――。もともと好ましい人物な上、閨事《ねやごと》のふりでは艶《なま》めかしい顔をするくせにうぶで。一体どこまで私を悩ませる。私の葛藤《かっとう》も知らずにそなたは『匂いをつけていただかないと』などと言って密着してくる始末」

なぜか責めるような口調になる。謝っていいものか考えあぐねていると、レヴェントが謝罪した。

「すまない、困らせたたな。そなたが悪いのではない。私が未熟者なのだ。私的な感情で行動しても、国のためになることなど何ひとつないのに」

レヴェントがさみしそうに笑ったように見えた。

(この感情はなんというのだろう)

ユスフはぽつぽつと心に浮かんだ言葉を、たどたどしく紡ぐのがやっとだった。

「……やっぱりあなたは、おれが思っていた通りの素晴らしい方で、その、これまでも、今も……男同士だけど……嫌じゃないです、レヴェントさまに触れられるの」

目を丸くしたレヴェントの尻尾が、ぱたぱたと揺れた。

「……そなたに触れてもよいか」

「おれは、あなたの側室ですよ」

「しかし」

「……側室です、今は」

ユスフは自身のカフタンの釦《ボタン》を外して、レヴェントに向き合った。

自分は男で、騎士見習いで、妹のふりをして皇太子を騙《だま》そうとした罪人で、子守りの任務を任され――。そんな幾重もの鎧《よろい》が、ぽろぽろと剝《は》がれ落ちていく。

(抱き合いたい)

演技だ抱かれたふりだと言い訳をせず、目の前の美しい獣人とただ力任せに。

レヴェントの手が伸びてきて、ユスフの頬を撫《な》でる。勝手に口が開いて、その指を咥《くわ》えてしまった。

一瞬驚いた表情を浮かべたレヴェントだが、「食べられたな」と破顔する。

「お返しだ」

突然ユスフを抱き寄せて、唇をむさぼられた。

そんな強引な口づけも、ユスフを高揚させる。

「れ、レヴェ、ントさま……っ」

「こんなふうに怖がらせないよう耐えてきたのに……」

吐息の荒いレヴェントが首筋に吸いつく。ちくりと痛みが差したのは、局所的に強く吸われたからのようだ。

「こっ……怖くないです、おれ」

「本当に？　私が皇太子だから、逆らえないだけではないのか」

懸命に首を振る。

「それでも逃がすつもりはないが」

抱え上げられレヴェントの膝《ひざ》に乗せられると、胸元を舐《ねぶ》られる。胸の小さな果実をべろりと舐られ「ひ」と声が漏れた。

それに気を良くしたのか、執拗《しつよう》に胸を愛撫《あいぶ》する。片方は指で揉まれたり押しつぶされたり。もう片方はレヴェントの口で強く吸い上げられた。

「あ、あ、あ、あ」

普段は用のないそこが愛撫の対象になっていること、そして自分がその刺激に反応して陰茎を硬くしてしまっていることに衝撃を受ける。

「あ……っ、そ、そこは」

強く吸われた乳首がぷっくりと膨れ上がり、爪《つめ》の先でカリカリともてあそばれる。

「ここは、なんだ？」

「そこは、女のように柔らかくはありません……」

「承知しているが」

「おいしくないです」

「そなたの、そのような顔が見たいからしているのだ」

吸い出されて膨れた胸の飾りを、長い指で左右にぷるぷると転がされる。

胸に触れられているはずなのに、なぜか下半身がむずむずする。甘く歯を立てられると、

「っ、んっ」

硬度を増した陰茎がぴくりと揺れた。

それに気づいたレヴェントが「触れてほしそうだな」とユスフのシャルワールと下穿《したば》きを脱がせる。そのまま脚の間に顔を埋《うず》め、陰茎をべろりと舐《な》めた。

「ひゃ……！」

「いい声だ」

レヴェントはユスフの陰茎を舌で舐めたり扱《しご》いたりして責め立てる。

「で、で、殿下……っ、あ、だ、だめです……っ、なに、これっ……」

自分で慰める快楽とは全く違う快楽に、ユスフは混乱した。

下半身だけ露出しているという恥じらいも吹き飛んでしまった。

「口淫」

当たり前だろうとでも言うように、平然とした答えが返ってくる。さらには「そなたのは甘いぞ」と卑猥《ひわい》なことを言って、ユスフの羞恥《しゅうち》を煽《あお》った。

「お、おれのはいいんです、殿下の……殿下を……」

「私がしたいのだ」

レヴェントの舌先が、鈴口をくるくるともてあそぶ。ぬるりと口の中に迎えられると、ユスフは嬌声《きょうせい》を上げた。

「あああああっ」

熱くて柔らかくて、すぐにでも吐精してしまいそうだった。

レヴェントが視線をこちらに寄越すので、ユスフはどうしていいか分からず、顔を両手で隠してしまった。

「あっ……で、殿下……っだめです、お許しください、もう気をやってしまいます！」

レヴェントがニッと笑うと、ユスフの張り詰めた陰茎を大きな手で扱き、先端を口に含んで吸った。

「そのまま気をやるといい。いい顔だ、私の愛撫で善がっていると思うと脳が悦《よろこ》びで焦げそうだ」

「あああっ、で、出て……、お離しください、ああっ、お離しくださ――っ！」

目の前でパチパチと火花が散り、何もかもを手放したかのように吐精する。ぴゅく……と出た精をレヴェントは手で受け止めて微笑んだ。

「上手に出せたな」

皇太子に射精を褒められるという信じられない状況に、ユスフは目眩《めまい》がした。達した甘い余韻も手伝って、心臓がまだばくばくと跳ねている。

「ああ……すみません……おれ、なんてこと」

レヴェントが首を振って、ユスフの謝罪を制した。

「私が導いた快楽で、そなたが蕩《とろ》けるのがたまらないんだ」

そう言う本人の顔も、まるで一緒に気をやったかのように紅潮している。

自分が気持ちいいばかりでは申し訳ない、とユスフは詰め寄った。

「お、おれも、おれもさせてください……っ」

ごそごそとレヴェントの下穿きを脱がせると、褐色肌から銀の下生えが顔を見せる。その下に隠れているはずの男根は、すでに上を向いていてはち切れそうに揺れていた。初めてまじまじと見るそれは、種族や体格差のせいもあるだろうが、自分のものとはあまりにも違いすぎて、ごくりと空嚥下《からえんげ》する。

「だめだ」

見上げると、寝台の背もたれに上半身を預けたレヴェントが険しい表情をしていた。

ユスフ程度の性知識ではどうせできないだろう、と見透かされているのか。

「あの、おれ、できますから……っ」

レヴェントの脚の間に身体を差し入れ、膝を立てた。咥えるために頭を下げ、猫が背伸びをしているような体勢になる。

張り詰めたレヴェントの先端を咥えようとした瞬間、ユスフは抱き上げられて阻まれてしまった。

「な、なぜですか……」

「気持ちだけで十分だ、今そなたにしてもらうことはできない」

さみしそうに笑っていた。

ユスフはそれでも食い下がった。

「で、では先日のように、疑似的な、あの……」

潤滑油で濡らした股《また》を使う、あの夜のような方法を提案するがそれも断られた。

「私のことは気にしなくていい、そなたを味わえたらそれでいい」

そう言って、レヴェントはユスフの陰茎を優しく握り、もう一度舐り始めたのだった。


「デンカ、まいにちくるね」

昼下がり。ルウは中庭でロクムを頬張りながら、ふと漏らした。

「ルウ、君はレヴェントさまの子どもなんだから『父上』って呼んだらどうかな」

「ちちうえ、ととさまのこと？」

「そうそう。男の親のことを、そう呼ぶんだ」

「おやってなに？」

「えっ、親っていうのは――」

子どもの〝なぜなに攻撃〟は難しい。ルウには「親」という概念がそもそもないのだ。レヴェントとルウは血のつながりがないため「自分を生んでくれた人」とは説明できないのだ。さらに言えば、ユスフだってほんの幼いころしか親を知らないので、「親とは」と聞かれると答えに窮するのだった。

ユスフは腕を組んで、うーんと唸った。どんな言葉が適切だろうか、と思いを巡らせる。

「そうだなあ……何があっても自分を守ってくれる人ってことかな」

「ルウをまもるひと？」

そうだよ、と答えると「だいたいわかった」と満足そうにうなずいて、ユスフの膝にどすんと腰を下ろし、アメジストのような瞳《ひとみ》で見上げてきた。

「デンカはちちうえ、ユスフがととさま」

ユスフは頬をかきながら、苦しまぎれに言った。

「……普通、父上は一人なんだけどね」

「ふつうってなに？　なんでひとり？」

なぜ父親は一人でなければならないのか――。ユスフはその答えを持ち合わせていなかった。

ルウが指摘するように、レヴェントは毎夜ユスフのもとにやってきた。

侍女たちは「皇太子殿下のご寵愛《ちょうあい》を独り占めですね」と喜んでいる。寵愛の深い妃に仕えることが侍女たちにとっても誇らしいことなのだそうだ。

「侍女仲間にもうらやましがられるんですよ、お美しい殿下をそばで見ることができるなんて、って！　私たち鼻が高いですわ！」

「そうなんだ、男のおれなんかの担当をさせてしまって申し訳ないと思ってたから、それはよかった」

ルウと人形遊びをしながら、自嘲《じちょう》気味に返すと、侍女たちにものすごい剣幕で詰め寄られた。

「〝おれなんか〟などとおっしゃらないでくださいませ。ご自覚がないかもしれませんが、ユスフさまは皇帝と皇太子が取り合った妃ですのよ！」

「そうですわ。私たちも最初は種族が違いますすし、男性ですし、とても緊張しておりましたけど、今はよく分かります。皇太子殿下がユスフさまに夢中になる理由が」

狼《おおかみ》獣人の侍女たちは、ユスフと体格が変わらないので二人で詰め寄られると迫力がある。それでも二人の尻尾は左右に揺れているので、自分に対する好意は伝わってきた。

「その証拠に、殿下がユスフさまに残す香りだって――」

侍女が言いかけたところで、背後からかわいらしい声がする。

「お話しているのかしら？」

声の主は、先日木彫りの鳥を作ってあげた女児――第四皇女のセナだった。

「うん、おしゃべりしていたよ。どうしたの」

ユスフが優しく返事をすると、膝の上に座っていたルウが緊張したように身体を硬くした。以前、遊びたかったときに邪険にされたのを覚えているようだ。

「あの、あたし、鳥を作ってもらったでしょう？　それで、その子が犬を持っているので、お礼に、一緒に遊んであげようかと思って……」

セナの後ろで乳母が困ったような顔をしている。どうしてもルウに声をかけたいとせがまれたようだ。

ルウが頬を赤くしてユスフを振り返った。目には先ほど以上の光が宿っている。

「うん、ルウと遊んでくれるんだって。どうかな？」

ユスフの提案に、ルウは木彫りの犬をもじもじと回転させて「よかろう」とうなずいた。

イーキンそっくりの偉そうな言葉遣いには、セナも面食らっていた。

「ぴいぴい、いっしょにお散歩するわよ、ついてきなさい」

「わんわ、おさんぽ、わんわん」

二人で木彫りの動物を突き合わせて、楽しそうに遊んでいる。遠巻きで見ていた他の子どもたちも、ユスフに作ってもらったおもちゃを手に、もじもじしている。

「入りたいのかい？　どうぞどうぞ」

ユスフは侍女と一緒に予備の敷物を広げ、木彫りの動物ごっこがしやすいように整えてやった。

いくつかの板を重ねたり布を張ったりして、小屋のおもちゃも作ってあげた。それが好評で、おもちゃ用のベッドや塔も作ることになってしまう。

ルウ以外は狼獣人の子どもなので、ルウより一回り大きいが、ルウ自身は気にせずなじんでいる上に、同年代の子どもたちとようやく遊ぶことができて、きゃっきゃと興奮状態だ。他の子たちもお尻の尻尾がパタパタと揺れていて、楽しんでくれているようだ。

孤児院で小さな子どもたちと遊んでいたころを思い出した。

（いくら種族や身分が違っても、子どもが喜ぶことって同じなんだな）

男の寵妃ということで警戒され、人間であることで蔑まれていたユスフだが、雑用にも嫌な顔ひとつせずに応じたり、子どもたちに懐かれたりする様子に、後宮内の妃たちも少しずつ親しんでくれるようになっていたのだ。

「お世話になりましたね、あなたが危険人物でないということは分かったわ」

そう声をかけてきたのは、まさに皇帝の第三側室——セナの母親だった。

その日、「どうぞまたよろしく」と彼女からお礼の品まで届いた。東国の珍しい焼き菓子や、ルウにちょうどよさそうな子ども服などが部屋に並ぶ。

日が暮れるころにやってきたレヴェントが、贈り物の山を見て目を丸くしていた。

「一体どういうことだ、我が妃は後宮でもモテ始めたか」

ユスフが経緯を説明すると、レヴェントが嬉《うれ》しそうに高笑いした。

「みんなようやくユスフのよさを理解したか」

「男だし、種族も違うので、当初の反応も当然だったんですよ。ありがたいことです」

ルウがレヴェントの膝に乗り上げて、木彫りの犬をぶんぶんと振った。

「これであそんだ、おともだちと」

それはよかった、とレヴェントが大きな手でルウを撫でる。ユスフはルウに呼びかけた。

「ルウ、レヴェントさまのこと、なんと呼ぶんだったか覚えてる？」

ルウはじっとレヴェントを見上げて、ふいと顔を背けた。

「あれ、どうしたの、ルウ」

顔は見えないが、ふっくらと飛び出た頬が赤く染まっていた。レヴェントもどう呼んでくれるのか期待しているようで、にやけ顔でのぞき込む。

ルウは、ちらちらとレヴェントを見ながら、懸命に声を振り絞った。

「ち……ちちう、ちう……」

がんばれ、がんばれ、と心の中でルウを応援する。

「ちちうえ」

精一杯絞り出した初めての〝父上〟だった。

呼ばれた当人は、きょとんとしている。ルウがおそるおそる視線を上げて顔色をうかがうと、レヴェントは口元を隠して窓のほうを向いていた。

「ぞ、存外照れるものだな」

ぶすっとしているが、尻尾は勢いよく左右に振れていた。

その表情に不安になったのか、ルウが眉をへにょりと下げたため、ユスフは「照れているだけだよ」と慰める。

レヴェントはルウを抱き上げて、視線を合わせた。

「怖がらせたか、すまない。ルウが『父上』と呼んでくれたから嬉しすぎてどんな顔をしていいか分からなかったんだ」

ルウはきょとんとして「うれしかったの？」と確認し、こう言った。

「じゃあ、ありがとういわんか」

突然のイーキン調の説教に面食らったのだった。

その日の夕食も和やかだったが、レヴェントがしきりに窓の外を気にしていた。

夕食を片づけた侍女たちにも退室するように告げ、レヴェントは再び窓の外を見た。

「外になにかあるんですか」

尋ねると、レヴェントは微笑んで南南東の空を指さした。

ほんのり赤みを帯びた満月が、夜空に凜と浮かんでいる。

「ああ、満月ですね。きれいです」

「……特別な日なんだ」

レヴェントはそう言うと、ルウを抱いて窓枠に足をかけた。ここは二階だというのに。

「ユスフは屋根に登れるか？」

「ええ、登れると思いますが……」

レヴェントは抱いたルウにも「しっかり摑まっているように」と言い含め、窓の外へと飛び出す。ユスフも追った。

「どうしてわざわざ屋根に……」

レヴェントはルウをユスフに預けると、人差し指を唇にあて、声を出さないよう促す。

「そなただから、見せるのだぞ」

そう言うと、南南東の満月を仰ぐ。

ぐっと身体を反らすと、レヴェントの手の甲から銀の被毛がざわざわと生えた。

身体が一回りほど縮み、顔がカフタンの中に隠れてしまう。

「え？　ええっ、レヴェントさま！」

何かの手品だろうか、とあたりを見回すが気配はない。いや、気配はあるのだが、カフタンの中なのだ。あの体格のいいレヴェントがその中に収まるわけがない。

しばらくすると、カフタンがもぞもぞと動き、その裾《すそ》からひょいと顔を出したのは――。

銀色の美しい狼だった。

カフタンをするりと抜け、屋根にしっかりと足をついて満月を仰いだ。

何が起きたか分からないのに、ユスフはその銀色の狼に見惚《みと》れて言葉を失っていた。

すると、ルウがユスフを振り返ってこう言ったのだった。

「ちちうえ、きれいね」

ルウの反応に、この手品をどう説明しようか考えあぐねた。

「いやあれはレヴェントさまじゃなくて――」

「そうだろう、美しいだろう私は」

ユスフを遮るように、狼がこちらを向いて口を開けた。

「えっ、れ、レヴェントさま？」

思わず声が裏返ってしまう。

「いま目の前で変化するのを見ていただろう」

銀色の狼はトト……とこちらに近寄ると、目の前でお座りをした。確かに声はレヴェントだ。

「本当の狼の姿にも……なれるのですか」

「ああ、満月の夜だけ」

レヴェントはルウの頰に自分の顔を擦《こす》りつけた。ふわふわの被毛に、ルウはきゃっきゃと歓声を上げる。ルウは以前から、レヴェントがこの姿になれることを知っているのだという。道理で怖がらないわけだ。

「狼獣人がまれに持っている特性で、先祖返りのようなものらしい。諜報《ちょうほう》活動にも便利なのであまり公にはしていないし、そもそも獣の姿は同族にさえ見せない」

レヴェントによると、満月が近づくと血が騒ぐのだそうだ。幼いころは自然と獣化してしまい母を困らせたのだという。

満月の夜以外でも獣化できるという言い伝えもある、とレヴェントは教えてくれた。

「狼は本来、群れを守る本能が強い種族で、群れの危機を察知すると獣化できるらしい」

「獣化すると利点があるのですか？」

「移動速度や戦闘能力は格段に上がる。今も力がみなぎっている」

そんな危機を経験したことがないから、その言い伝えが事実かどうかも検証のしようがないと笑い飛ばした。狼の笑顔を不可解な面持ちでユスフは眺めた。

「でも、そのような極秘事項、どうしておれに――」

レヴェントは頭をユスフの肩にことりと載せた。

「私にそこまで言わせるのか、意地悪だな」

ユスフは動悸《どうき》がした。

意地悪という言葉をこんなに甘く感じたことがあっただろうか、と。

「す、すみません……意地悪でしたか……」

この瞬間、レヴェントが狼姿でよかったと思う。獣人の姿だったら心臓が持たずに破裂していたかもしれない。

そう簡単に想像できるほど、ユスフのレヴェントに対する感情は〝温情をくれた皇太子〟へのそれを優に超えていた。

被毛のふわふわが好きなのか、ルウがレヴェントに抱きついた。

「ちちうえ、わんわん、わんわ」

きゃっきゃと嬉しそうに頬をすり寄せる。犬ではなく狼だと教えようとするが、それに気づいたレヴェントが「よいのだ」と首を振った。

「わんわんかわいい」

「そうだろう、私は帝国一美しいわんわんだ」

屋根の上で、しばらく談笑しながら満月を眺めたのだった。

【5】生涯で一人だけ

放蕩者のふりや、獣化できる秘密を明かしてからというもの、ユスフに対するレヴェントの言動は、日に日に甘く濃くなっていった。

仲睦《なかむつ》まじいふりのほうが口実になりそうなほど、一緒に過ごす時間は甘い蜜《みつ》のようだった。ルウも三人で過ごす時間がとても好きで、毎夜レヴェントが宮殿からやってくるのを、橋の前で待つようになった。

レヴェントが部屋で待つよう促しても、頬をぷっくりと膨らませて首を振る。

「いやだ、ちちうえまつ。しっぽふりふりするから」

偶然出迎えた形となった日に、レヴェントがたいそう喜んだことを覚えていたようだ。

三人の関係が密接になる一方で、レヴェントの閨での行為は〝一方的〟なものになっていた。

ユスフは昨晩の自分の痴態を思い出して、頭を抱えた。

『お願いです、お願いです、どうか口を離してください……もう出ちゃ……っ』

脚の間で無心にユスフの陰茎を舐めていたレヴェントが、こちらに視線を寄越して微笑む。達するまで解放しない、とでも言うように。激しい口淫で追い立てられ、ユスフの脚がまっすぐに伸びる。

服を剝《む》かれた肢体に、レヴェントの手が這《は》い回る。胸の飾りをきゅっと絞られると、ピンと張った快楽の糸が弦楽器のように弾《はじ》かれ、身体がぶるぶると震えた。

『だめです、あ、レヴェントさま……っ』

『だめだと言いつつ腰を揺らすとは……私の妃は本当に煽り上手だ』

『か、身体が勝手に……ンッ、だめです、そ、そんなとこに舌を……！　出る、出ちゃいます……あああっ』

体温の高い手で扱かれながら、鈴口を舌でぐりぐりと抉《えぐ》られると、堰《せき》が決壊したように快楽が爆《は》ぜる。ドクドクと体外に放った精を、レヴェントは口で受け止めた。

『あ、あ、おく、お口を、はな、離してくだ……』

目の焦点が合わないまま、ビクビクと身体をけいれんさせるユスフが請うても、レヴェントは拒み、最後の一滴まで搾り取るようにすすり上げたのだった。

舌なめずりをしたレヴェントが身体を起こして口を開いた。

『もう出ないか？　まだ足りないのだが』

『も、もうお許しください……三度も出して、おれ、頭がぐずぐずになって……おかしくなりそうです……!!』

涙目で懇願するユスフの姿に、レヴェントは「そうかそうか、おかしくなるといい」と元気に尻尾を振るのだった。

(おれがレヴェントさまの匂いをつけてもらわないといけないのに、おればっかり……あんなに……お口で何度も！)

思い出してしまったユスフは両頬を手で覆いながら「ううう」と呻《うめ》いた。

今夜もあれをまたされるのだろうか、などと考えると、身体が期待して勝手に火照《ほて》ってしまう。なんだかそうなるようにしつけられているような気分にもなる。

一方で不安も膨らんでいった。あの疑似的な交接以降、レヴェントはユスフを絶頂に導くばかりで、自身は気持ちよくなろうとしてくれないのだ。

もうまもなくレヴェントが来るだろう、という時分に、レヴェントの臣下イーキンが面会にやってきた。

「殿下がお渡りになる前に、そなたに知らせようと思ってな……」

タヌキ獣人のイーキンは、応接間で難しい顔をしていた。目の周りがさらに濃くなったように見える。

「ルウさまの父親だと名乗る男が現れた」

ユスフはなんと言葉を返していいか分からず、息を大きく吸い込み、ゆっくりと吐いた。

心臓がばくばくと音を立てる。

「ルウを……迎えに来たのですか」

離ればなれとなったのなら、必死で探し回っていたに違いない。きっと驚いただろう、まさか狼獣人の皇太子に拾われて養子になっていたのだから。

「いや、それがな……」

イーキンは眉根を寄せた。

ルウの父親を名乗って宮殿にやってきたのは、ナージーという二十五歳になる人間の男だった。

奴隷商に息子を捨てられたが助けることができず、行き着いた隣国で奴隷として買われたのだという。その主人が篤志家で、事情を話すと一緒にルウを探してくれたのだという。

「お前の話を……男の寵妃がいるという話を聞きつけ、『息子とともに自分も後宮に入れてくれ』と言い出したのだ」

心臓が、耳のそばにあるのかと思うほど早鐘を打っていた。

「レヴェントさまの妃として後宮入りしたいと……？」

「息子にかこつけて恵まれた暮らしがしたいのだろう」

もちろんレヴェントは拒否したが、ルウを一目見たいと泣きわめくので、橋の手前で会わせることになったのだという。

レヴェントが拒否した、と聞いて、すっと身体の力が抜ける。

「まもなくレヴェントさまとともに橋を渡ってくるだろう。妃ではないので後宮内には入れぬが何をするか分からん。ルウさまの身に危険が及ばぬよう用心するように」

ユスフはぎゅっと拳《こぶし》を握り、ゆっくりと頭を下げた。一体何が目的なのか分からないうちは気が抜けなかった。

一番星が見えるころ、レヴェントが数人の臣下を連れて、橋を渡ってきた。

ルウがそれを見つけて「きた、ちちうえきたぞ」と飛び跳ねる。

レヴェントの後ろに人間の男性らしき人影が見える。彼がルウの父親を名乗る男か――。

突然ルウの手を引かれたりしないよう、ユスフはルウを抱き上げ、なるべく男とルウの間に自分の身体を挟むことにした。

「ちちうえっ」

後宮の入り口までたどり着いたレヴェントが「ただいま」と微笑む。ユスフも深く頭を下げた。

「おかえりなさいませ、レヴェントさま」

「ああ」

レヴェントがゆっくりとうなずくと、背後にいた金髪の男がひょっこりと顔を出した。

「ああっ、この子です、やはり間違いない！」

その瞬間、ユスフはどきりとした。

（ルウと似ている）

白い肌も、肩口で切り揃《そろ》えた柔らかそうな金髪も、宝石のような紫の瞳も。体格はユスフと変わらないが、華やかな顔立ちに、華奢《きゃしゃ》な身体つきの男だった。

「エルダー！　ああ、会いたかったよ、エルダー」

男はルウに向かって叫ぶ。ルウがレヴェントに拾われる前の名前だろうか。

「ナージーよ、私の息子だ。気安く触れるな」

男をナージーと呼んだレヴェントの声は、驚くほど冷たかった。

「申し訳ありません、嬉しくて嬉しくて……ああ僕は感動しております。皇太子殿下……会わせていただきありがとうございました……このご恩をどうやってお返しすれば……」

ナージーはそう言うと、レヴェントの腕にそっと自分の手を絡ませる。潤んだ瞳でレヴェントを見上げた。

その仕草に、ユスフはなぜかどきりとする。

（なんだろう、この感じ……胸がもやもやする……）

レヴェントは冷たくその手を払った。

「私に触れるとは命知らずな」

「それはそれは、失礼いたしました」

ナージーはその場で膝をついたが、微笑んでいるので反省しているようにも見えない。

「……本当にそなたの子か？　確かに髪や瞳は同じ色をしているが、それだけでは立証されたことにはならない」

レヴェントが指摘すると、ナージーは胸の前で手を合わせた。

「ええ、本当です。これで証明できるか分かりませんが、離ればなれになる直前まで、エルダー……いやルウさまは木彫りのおもちゃを持っていたのですが、見かけませんでしたでしょうか」

ユスフは「あっ」と声に出してしまった。ルウが持っている木彫りの犬のことだ。

「確かに持っていたが、それが何の形をしていたか覚えているか？」

レヴェントの問いに、ナージーは得意げに答える。

「もちろんです、私が作ったのですから。犬でございます」

ルウを拾ったレヴェントなど、一部の者しか知らない事実だった。

(間違いないのか……この人が本当にルウの父親――)

ユスフの手はいつの間にか震えていた。何が起きたのか分からないルウが、ユスフの頬に手を当てて「だいじょうぶ」と心配してくれた。

レヴェントはしばらく押し黙ったあと、ゆっくりと口を開いた。

「そうか……どうやらしばらくそなたについて調べたほうがよさそうだ。望むなら宮殿の外に宿を用意してやろう。そしてルウとは明日改めて――」

「それには及ばぬ」

低い声が割って入った。皇太子の発言を遮ることができるのは、ただ一人——皇帝イルハン二世だ。

橋を渡ってきた皇帝は、頭を下げる面々の前を通ってナージーの前で止まった。

「面を上げよ」

ナージーはか細い声で「はい……」と顔を上げる。紫の瞳が潤んで揺れていた。

「ほう……レヴェントの二人目の側室も、また人間の男か」

レヴェントは大きなため息をついて「違います」と否定した。

事情を知る後宮の女官が説明を求められ、あらましを伝える。

「そうか、その子どもの父親……」

「ええ、たった今それが事実だとお認めいただいたところです。息子のそばにいたいので、男もお好きだという皇太子殿下のおそばにお仕えできたら……と。僕もこの容姿で奴隷となった身。術《すべ》は身につけておりますので」

語尾がやけに艶めかしく響く。聞かれてもいないことを、饒舌《じょうぜつ》に説明したナージーはちらりと皇帝に視線を向けた。初対面の皇帝を前に、緊張でしどろもどろになった自分とは大違いだ、とユスフはうらやましくなった。

レヴェントの耳がぴくぴくとせわしなく動いている。これは機嫌が悪そうだ。

そのあとの皇帝の一言が、周囲にいた者を凍りつかせた。

「後宮にいたいのなら妾《めかけ》になればよいのだ」

皇帝はナージーの顎《あご》に指を添えて上を向かせる。

「なかなかの器量だ、よいではないか」

レヴェントがあきれて反駁《はんばく》する。

「皇帝陛下、妾は後宮には入れませんし、私には必要ありません」

ユスフは後宮入りの際に受けた説明を思い出す。正妃や側室は後宮内で暮らすが、妾は公式の妻とはなれないため、それぞれの皇族が後宮の外で囲っている、と。

「ひと月この後宮にいてレヴェントがなびかなければ、ふさわしい身分を作り私の側室としよう。私も一人くらい人間の男を囲ってもよかろう。人間は具合がいいようだしな」

暗に自分について言及されたと気づき、ユスフはかっと顔が熱くなる。

にやりと口角を引き上げる皇帝を、第一側室のラーレが迎えにやってきた。

「あら素晴らしいお考えですわ、陛下はユスフの一件以来、人間の男性を欲しがっておりましたものね」

皇帝はラーレの腰に手を回した。

「よいのか？　そなたの競争相手が増えるのだぞ」

「皇帝陛下がお健やかにお過ごしになることが一番の願いですわ」

レヴェントは最後までナージーを後宮に置くことに反対したが、結局皇帝が押し切ってしまった。ナージーも先ほどまでレヴェントのお手つきになるのを望んでいたのに、あっさりと皇帝の〝側室候補〟になることを受け入れた。

「息子のそばにいられるのならばなんでもお受けします」

そう言って、ルウを見つめて微笑んだ。

親の愛をあまり知らないユスフは、そういうものなのかと感心したのだった。

ユスフの部屋に戻り、ルウを寝かしつけると、レヴェントと二人きりで今後の対応について話し合った。

レヴェントはぴりぴりとしていた。「色ぼけめ」と父親のことを罵《ののし》っている。

「本当に……ルウのお父さんなんですね……」

ユスフの言葉に、レヴェントが耳をぴくりと動かした。

「なぜそう思う？」

似ている上に、拾われたときに持っていた木彫りの犬を知っていたからだ、と答えると、レヴェントは「うむ……」と考えごとをしながら、ラク酒に口をつけた。

「母親はルウを産んだ直後に病死したと言っていたが……あの様子、まるで男娼《だんしょう》だ。普通の男があのようにしなをつくるか？　ユスフとは大違いだ」

「申し訳ありません……あの教えていただければ、おれもしなをつくれると思います……」

そなたにはそのような仕草は求めていない、とユスフの肩を抱き寄せる。

「そんなユスフを啼《な》かせるのが楽しいのだ、媚《こ》びなど必要ない」

啼かせる、という艶めかしい響きに顔が熱くなる。毎晩とろとろになるまで性器を舐められ、自分があられもない声を出しているのは自覚しているのだが、言葉にされると恥ずかしくてたまらない。

思い切って聞いてみる。

「レヴェントさまの側室になりたいと彼が希望していたのは、イーキンさまから聞いていましたが……レヴェントさまにそのおつもりはなかったんですね」

おいおいとレヴェントが天井を見上げた。

「私がこんなにそなたに尽くしているのに、他の者に目が眩《くら》むとでも？」

かりそめの側室なのに、こんな一言で浮かれてしまう自分があさましい。

「申し訳ありません、おれ、なんだかもやもやして……」

要領を得ない発言にもかかわらず、レヴェントの尻尾がぱたぱたと揺れ始めた。

「……レヴェントさま？」

「いや、ナージーの登場は厄介だが、思わぬ効能もあるのだなと思って。そなたが妬《や》いてくれるとは……僥倖《ぎょうこう》、僥倖」

ユスフはぱっと立ち上がって、熱くなった顔を末広がりの袖口で隠した。

「やっ……妬いて――」

ませんと言えなかった。胸に手を当てると、心臓は馬鹿正直にドクドクと跳ねている。

（そうか、おれはレヴェントさまを他の人にとられるのが嫌なのか）

レヴェントも立ち上がり、ユスフをひょいと横抱きにすると、窓際のソファに腰かけた。彼の膝に自分が尻《しり》を預ける体勢になる。

顔がゆっくりと近づいてきて、頬にふわりと彼の唇が触れた。

「皇帝陛下がそなたを所望したときの私の胸の内、少しは分かったか？」

「はい……もちろん立場は違いますが、分かりました。嫌な気持ちです……」

ナージーがレヴェントの腕にそっと手を絡ませたとき、自分は一瞬それを振り払いたくならなかったか。他の人に触れられないでほしい、触れることもしないでほしい。身の程をわきまえずそんな願望がふつふつと湧《わ》き上がる。

これを嫉妬《しっと》と言わずしてなんと言うのか――。

「正直言うと、今日はちょっと不安でした。彼が本当にルウの父親なら、おれの役目をそのまま彼がすることになるのかって」

そうなれば最初の約束通り、自由の身になるので本来は喜ばしいことだというのに、ルウと抱っこ紐でべったりと密着した〝親子亀〟の触れ合いや、レヴェントと過ごすとろりとした甘い夜、そして三人の団らんが終わってしまうのだと思うと恐ろしくなっていた。

「申し訳ありません、おれ……レヴェントさまの温情で生かされてお役目をいただいたというのに、立場もわきまえず、どんどん欲張りに……」

自己嫌悪が渦巻き、目頭が熱くなる。

「……ナージーが本当にルウの子だったら、どうする？」

レヴェントがユスフの目尻を指で拭いながら問うた。

「おれには親の記憶がぼんやりとしかありませんが、愛されていただろうと思います。血のつながった親に育てられたほうが、ルウの成長にはいいのかもしれません」

胸がジクジクと痛むが、そう自分に言い聞かせた。ナージーが現れずとも、いつかは世話役は終わっていたはずなのだから。

顔の前にひょいと木彫りの犬が現れた。ルウが寝室に移る際、この部屋に落としていったようだ。

「ルウは、自分の意志でそなたを選んだ」

ユスフが木彫りの犬を受け取ると、レヴェントはその犬の胴体に布をくくりつけ始めた。手つきがどこかぎこちないので、あまり器用ではないのだろう。作業をしながら、低い声でゆっくりと言った。

「血のつながりよりも、愛の濃さだ。そなたの親はきっといい親であったのだろう。しかし、そなたのルウへの関《かか》わり方も、十分に親らしいと私は思う。胸を張っていい」

その言葉が、じわりじわりと胸にしみこんでいく。

ルウのことも自分のことも、想像以上に見守ってくれているのだと思うと、日だまりの中にいるような心地になる。

はい、とユスフがうなずくと、レヴェントは表情を引き締めてこう言った。

「わけあって、私は明日から放蕩ぶりに磨きがかかる。妃に入れあげ、政務もせず、妃の甘言にそそのかされて失政を重ねる愚かな為政者となる。ユスフの立場も悪くなるかもしれないが、しばし耐えてくれ」

ユスフは表情を引き締めてうなずいた。おそらく内通者をあぶり出す計画が佳境なのだ。

レヴェントはまだもたもたと犬の胴体に布をつけようとしている。

「何をされているのですか？　服を着せるおつもりですか」

「いや、鞍《くら》をつけてやろうかと」

犬に鞍はないだろうと思ったが、不器用なりに一生懸命取り組んでいるので、黙っておいた。

完成すると、レヴェントは「よし」と立ち上がった。

「どうだ、今夜は稽古《けいこ》で泣かせてやろう」

ユスフは思わず破顔する。数日に一度、このように剣術の稽古をつけてもらっていた。

「喜んで」

立ち上がって帯刀したユスフに、レヴェントは不満を漏らした。

「閨もそのくらい喜んでくれると嬉しいのだが……」

「や、やめてください、思い出すじゃないですか……うう」

「剣術ではそなたもなかなかの使い手だ、閨ほど手加減はしてやれないぞ」

じゃれ合いながら二人で窓から飛び降りた。


ナージーが後宮になじむのはあっという間だった。

「みなさま、どうか仲良くしてくださいませ」

大量の贈り物とともに姿を現したのだ。彼を買った主人が、事情を聞いて購入してくれたそうだ。「商人ですから〝皇族の覚えめでたき〟を得たいのでしょう」とナージーは言っていた。

後宮の妃たちは、ナージーがユスフ以上に素性の分からない者とあってピリピリと警戒していた。

しかし、ナージーの人の心を摑む能力はとびきり高かった。贈り物と華やかな容姿、そして話術で、緊張をいともたやすく解いていった。

「肉体労働が多かったので」と力仕事を引き受け、颯爽《さっそう》と荷物を運ぶ美青年の姿を、妃たちは頬を染めて見つめるようになったのだ。

こんなこともあった。

後宮妃の髪飾りをナージーが拾って届けたときのこと。

「貧乏くさくて申し訳ないのですが、お似合いになると思って」

そう言って髪飾りとともに渡したのは、後宮の中庭に咲いているもので作った生花の髪飾りだった。赤毛の狼獣人だったその妃に合うよう、桃色や白の花を合わせていた。

「ご迷惑でなければ、その花が枯れるころ、また新しいものをお届けしましょう。あなたにはみずみずしい生花がお似合いですよ」

ナージーは紫色の瞳を細めて、ふわりと笑った。

主人からあまり声のかからない妃が、異性に優しくされるめったにない経験とあって、妃同士のお茶会などで話題になる。

そのお茶会にも、ナージーは積極的に参加した。褒め上手聞き上手、そして盛り上げ上手とあって一躍人気者になった。

否応なしに比較対象となるユスフの、評判が急落していることも彼の追い風となった。

レヴェントが予告通り、放蕩ぶりを加速させたのだ。

その最たる事例が、全国各地に賭博場《とばくじょう》を作るという計画だった。

『私の寵妃は庶民出身で賭博をしたことがないそうなのだ。それはあまりにも哀れだ、国民にも賭博ができるよう、国内すべての郡に賭博場を建てよう』

そう宣言して、臣下に各郡の土地の買収を指示したのだった。これには宮殿中がひっくり返った。皇帝は反対しなかった。レヴェントによると「見逃してくれたら、ナージーには手をつけず皇帝に譲る」と根回しをしていたのだ。

すべての郡となると三百を超える、との高官の指摘も無視して、レヴェントは決定した。

『売り上げを郡主にくすねられたら困るから、すべて私直轄の施設にしよう！　そこで働く者の手配や教育は……そうだな、ネヴァルに任せよう。うまくやってくれ弟よ。大事な仕事だから報酬もはずんでやってくれ』

その場にいたネヴァルはついに激高した。去り際にこう言い捨てたのだという。

『兄上と袂《たもと》を分かつときが来たようです、あなたに皇位は継がせない……！』

兄弟に決定的な亀裂を生んだ賭博場計画の動機がユスフとあって、噂を聞きつけた妃たちの、侮蔑《ぶべつ》の視線が突き刺さるようになったのだ。

「信じられない、賭博場を殿下にねだるなんて」

「品性のかけらもないのね」

ユスフが広間を通るたび、妃たちは聞こえよがしにそんな会話をする。聞こえないふりをして、ユスフは早足になった。

（確かに事前にうかがってはいたけど、国家予算を賭博場に使うのはやりすぎなのでは……身近に賭博場なんかできちゃったら、のめり込んで破産する人が続出するよ……）

しかもイーキンの知らせによると、ふりどころか本当に各郡の土地を買収し、造成が始まっているらしい。

（一体、レヴェントさまは何を目論《もくろ》んでいらっしゃるのだろうか）

そんなことを考えながらルウと中庭で遊んでいると、ナージーが歩み寄ってきた。

「……ルウさまと、お話ししてもいいかい？」

ユスフは警戒したが、自分が抱っこしていれば安全かと思い、ルウを膝に乗せてうなずいた。

ナージーは片膝をついてルウと視線を合わせた。

大きな美しい瞳が揺れ、瞬《まばた》きとともに大粒の涙が落ちていく。

「ああ……こんなに大きくなって。覚えているかい、君の父さんだよ……君にどうしても会いたくて駆けつけてきたんだよ」

その言葉に、ユスフは大きく心が揺さぶられた。

両親が生きているかもしれないとあり得ない望みを抱き続けた幼いころ、孤児院の塀に腰かけて、その言葉を待っていたからだ。何度思い描いたか分からない。

『大きくなって』『君の父さんだよ、会いたかった』

自分はその願いが実現しなかったが、ルウは実現したのだと思うと胸が熱くなる。

（やはりルウのために、早めにこの任務を退いたほうがいいのかもしれない）

ナージーがルウにそっと手を伸ばした。

「生きてて本当によかった……」

涙ながらにルウに触れようとするナージーの姿に、広間にいた妃たちも中庭をのぞき込んで目を潤ませている。感動的な場面だ、とユスフも思った。

しかし――。

「いやっ」

ルウが手足をジタバタとさせて、ナージーに触れられるのを拒んだのだ。

「ユスフがいい、ユスフがいい！」

ルウはわあわあと喚《わめ》いて、ユスフにしがみつく。

ユスフは驚いて一瞬言葉を失ったが、どこかでホッとしている自分にも気づいた。

（ルウはまだおれを選んでくれるのか……）

じわりと目頭が熱くなる。しかし、ナージーには申し訳ないことをしてしまった。

ナージーの様子をうかがうと、彼はがっくりとうなだれていた。

「そうだよなあ、覚えていないよな……その手に持っている木彫りの犬は、僕が作ったものなんだよ……それだけでも大切にしてくれて嬉しいよ」

感情が決壊するのをぐっとこらえたかのように、ナージーは微笑んだ。立ち去ろうとして、突然しゃがみ込む。

「う……っ、うう……」

口元を覆って、大粒の涙をぽろぽろとこぼした。

「ああ、ナージー、おれ、なんと言ったらいいか……」

ユスフがおろおろとしていると、心配した数人の妃に取り囲まれたナージーが涙目でつくり笑いをした。

「いいや、僕が悪いんだ。エルダー……いやルウさまを守り切れなかった僕が親失格なんだよ。嫌われて当然だし、ユスフさまのほうがいいって言うに決まっているよね、ずっとユスフさまがそばにいるんだもんね」

その言葉に、ナージーに駆け寄った妃たちが顔を上げ、きっとユスフをにらんだ。

「あなた……もしかして、ご自分の立場が危ういからって、その子どもがナージーに懐かないように仕向けていらっしゃるの……？」

「ええっ、いいえ、そんなことは！」

ユスフは慌てて首を振る。

「そうよね、皇太子殿下の寵妃の立場と、お世話をしている子どもを奪われれば、あなたの立場がないものね」

　ちょっと待ってくれ、と言おうとしたところで、ナージーがか細い声で制止した。

「みなさま、お気遣いはありがたいのですが、どうかユスフさまをお責めにならないでください……」

　妃たちに涙を手巾で拭われながら、ナージーはこう言った。

「ユスフさまもお苦しいのです、僕も同じ人間男性だから分かります。自分の居場所を失うことは恐ろしいことです、後宮に居場所がなくなり出戻るとなると、男で側室だった過去が一生ついてまわりますので、家庭を持つことも難しいでしょうし、最悪、他に能力がなければ男娼にだってなり得るでしょうから……」

　絶句してしまった。

　なぜ立場を追われる前提で自分の今後を語られているのだろうか、と。今反論しても逆効果のような気がした。

　ナージーの同調者となった妃たちは、彼の〝思いやり〟にいたく感動したようで一緒に瞳を潤ませている。

「まあ、こんな状況下でも他人の立場を思いやるなんて……なんて素晴らしいお人柄でしょう……」

「行きましょう、侍女にカフヴェを淹《い》れさせますから」

　肩を落とすナージーを支えて、妃たちが中庭を後にする。

ルウを抱っこしたまま取り残されたユスフは、この感情をなんと言い表したらいいのか分からなかった。

「おれ……何か悪いことしたかな」

「しとらんぞ」

抱っこされたままのルウが、ユスフの頬に木彫りの犬を押しつけて、イーキン風に否定してくれた。

「ルウが味方してくれるなら安心だ」

ルウは満面の笑みを浮かべて「これも、みかた」と木彫りの犬を見せてくれた。その胴回りには、レヴェントが巻いた赤い布が。決して仕上がりがいいとは言えないが、ルウにとってはとても嬉しかったようだ。

妃たちの噂は光のように早く伝わる。

この一件が決め手となって、後宮内では「人格者であり、ルウの本当の父であるナージーこそ皇太子のそばにいるべきだ」とささやかれるようになった。

ユスフはそれでもいいと思っていた。そもそも偽の側室。そのうち任務を終えて後宮を出ていくのだから、大した問題ではなかった。

しかし、ユスフが親代わりを務めるルウはどうだろうか——。

〝木彫りのおもちゃ屋さん〟のおかげで、最近ようやく後宮内の子どもたちがルウと遊んでくれるようになったというのに。

（ルウの人間関係もふりだしに戻ってしまうんだろうか）

そんな不安がよぎる。

「ルウ、あたしのお相手をしなさい」

ルウと広間のテラスで遊んでいると、最初に木彫りの鳥を作ってあげた女児――皇帝の四女セナ――が腰に手を当てて立っていた。

ユスフは彼女に礼を言った。

「こんにちは、先日はお母さまから鳥のおもちゃのお礼をいただきました、ありがとうございます」

セナの手にはあの鳥のおもちゃ。自分で塗ったのか、カラフルになっていた。

ルウがぱっと表情を明るくして、自分の犬を見せる。

「あら、あなたの家来には服をきせたのね、かわいいじゃない。あたしのもごらんになって、かわいいわよ」

二人でおもちゃを突き合わせて、きゃっきゃと遊び始めた。

遠くから見ていたのか、数人の子どもがそわそわもじもじしながら近づいてきた。

「僕も一緒に遊んでやろう」「あたしも」

仲間に入りたいわりに、尊大な口の利き方をするのは皇族だからだろうか。

　ユスフが敷物を広げて遊びやすくしてやると、五人ほど子どもが集まって、ユスフお手製の木彫りのおもちゃで家族ごっこのようなものを始めた。ありがたいことにユスフも、その家族の使用人という役柄をもらったのだった。

　そんな様子を遠くから見ていた妃たちが、聞こえよがしに陰口を叩《たた》く。

「子どもに取り入るなんてあざといわね」

「ナージーと違ってひ弱だし、それくらいしか能がないんじゃない」

　ぐ……と唇を噛《か》みしめた。

　おやめなさい、と厳しい声が響いたのは、その直後だった。その場にいた妃たちが、静まりかえる。

　声の主が、皇后ギュナナだったからだ。

　妃たちは耳を斜め後ろに倒し、尻尾の角度もしゅんと下がる。その様子にギュナナの権力の大きさをうかがい知る。

　ギュナナは艶やかな尻尾を翻し、陰口を叩いていた妃たちに顔を向けた。

「聞こえよがしに人を侮辱するなど……しかも皇太子殿下の側室ですよ。その浅慮な言動があなたがたの主人の品格をも貶《おとし》めるのです。思うのは自由です、行動は慎重になさい」

　冷ややかに言い捨てた。

「皇后陛下……」

かばってもらったことに感動していると、ギュナナは今度はユスフをキッとにらんだ。

「あなたもあなたです、なぜ不確かな噂や一方的な侮辱に反論しないのですか。無言は肯定と受け止められます、同時に皇太子殿下への侮辱も受け入れたことになるのですよ」

その迫力に思わず身体がこわばってしまう。これが頂点に立つ女性なのだと思い知る。遊んでいた子どもたちも本能で感じ取ったのか、一斉にユスフの後ろに隠れた。

「皇后陛下のお耳にも、おれの悪い噂が届いているんですね」

「私には、正確には皇后という立場には、宮殿や後宮の出来事を報告する係がおります」

ではやはり、レヴェントが自分の進言で国内各地に賭博場建設を進めている、という噂も聞いているだろう。

ユスフは以前ギュナナにもらった言葉を思い起こす。

『善くも悪くも、妃の放つ言葉は統治者に響いてしまうのです。あなたも皇太子殿下――未来の皇帝にお仕えする身、磨く部分を間違えぬよう』

賭博場計画は、レヴェントの演技とはいえ、傍《はた》から見れば〝悪く響いた〟結果だ。どう考えても非難されると思っていたのに、ギュナナは「反論しろ」と言うので不思議だった。

その視線に気づいて、ギュナナが片眉を上げる。

「とがめないのか、とでも言いたげな顔ですね」

ユスフは慌てて顔を伏せる。

「……皇太子殿下は、今はなぜかあのようになってしまいましたが、聡明《そうめい》なお方。賭博場のことも何か考えがあってのことでしょう」

ギュナナは舶来物の扇子を開き、顔を隠した。

「血のつながりはありませんが、私は皇太子殿下の母です。正確には殿下が私を母に選びました」

ギュナナによると、レヴェントが六歳で実母——当時の皇后——を亡くした際、当時皇帝になったばかりの父親は数人の側室を〝継母候補〟とした。

第一側室だったギュナナもその一人だったが、すでにネヴァルが生まれていたし、レヴェントの実母とギュナナが不仲であることは誰もが知っていたため、選ばれることはないだろうと思っていた。

だが、検討していた皇帝にレヴェントがこう言ったのだという。

『ちちうえ、わたしはギュナナさまのこどもになります』

父親に理由を問われると、こう答えたのだという。

『ギュナナさまは、ははうえとおなじこころのかただからです』

レヴェントは、彼の実母とギュナナの盟約を知っていたのだ。

後宮内でのトラブルや謀反を見逃さないために、皇后と第一側室が不仲であるふりをして、互いに反感を持つ者などの情報まで掌握できるようにする——という。

『わたしはギュナナさまのもとでそだちたい、もちろんネヴァルもかわいがります』

ギュナナは第一側室とはいえ、主人の寵愛が深いわけではない。隣国の王族だったため
に身分を与えられただけなのだ。そのため、レヴェントの実母の死後、自分が皇后になる
という話も断ろうとすら思っていた。

「ですが皇太子殿下に選ばれたのなら、恥ずかしくない母にならなければと思ったのです。

殿下は我が子ネヴァルと同様に愛情を持って育てました。ですから私は殿下を信じます。

周囲がすべて殿下の敵になっても、側室のあなたは殿下の味方でいてください」

味方になりなさい、という命令ではなく、お願いするような口調だった。

ギュナナとレヴェントの逸話に、ふと、あの言葉を思い出した。

ナージーが現れた、あの夜。

本当にナージーがルウの実父なら、ルウは彼に育てられたほうがいいのではないか、と
言った自分に、レヴェントはこう断言した。

『血のつながりよりも、愛の濃さだ』『ルウは自分の意志でそなたを選んだ』

（あれは実感を持ってのお言葉だったのか）

皇后はおそらくレヴェントが放蕩者を演じていることを知らない。それなのに、彼を信
じているというのか。

ユスフは胸元をぎゅっと摑みつつ「はい」と強くうなずいた。

レヴェントが宮殿から戻る際は、ユスフとルウが必ず橋のたもとで待つようになってい
たが、ナージーが後宮滞在を認められてからは、そのお迎えに姿を現すようになった。
ナージーいわく「せっかく皇帝陛下にお許しをいただいたんだから」。皇帝陛下の名を
出せば、比較的自由に行動できることを分かっているのだ。
レヴェントが姿を現すと、誰よりも早く駆け寄り、恭しく傅《かしず》いた。
「お帰りをお待ちしておりました」
レヴェントはすり寄ってきたナージーを「なんの用だ」と振り払う。
またこのやり取りをするのか、とユスフはため息をついた。
ナージーは、お菓子を手作りした、外国の珍しい磁器を手に入れたなどと、いくつもの
口実を並べて自室にレヴェントを呼ぼうとする。それをレヴェントがすげなく断る――と
いう、駆け引きとも言えぬやり取りだ。
つらいのは、レヴェントが断ってユスフとルウの肩を抱くたびに、ナージーが落ち込み、
妃たちの風当たりが強くなることだった。
食後に茶をすすっていると、レヴェントが後宮でのナージーの振る舞いを尋ねてきた。
冷たくしているけれど気になるのだろうか、とユスフは胸がちくりと痛んだが、日々後

宮内での支持を集めていることを報告する。

「ルウに嫌がられたことに傷ついて泣いていましたが、自分が作った木彫りのおもちゃを大切にしてくれているだけでも嬉しいと」

レヴェントは「そうか」と言っただけで、真顔で茶をすする。

「そなたは大丈夫か？　私は宮殿でなかなかの馬鹿をやっているのだが」

「ええ、聞いています。各郡部に賭博場をつくるために土地を買収して造成しているのだとか……おれはいいんですが、さすがに派手すぎませんか？」

皇太子は「目立つようにやってるんだ」と快活に笑った。

そしてごそごそとユスフの腰に手を回す。

「では今夜の話をしようか。どちらがいい？」

睦み合いか、剣の稽古か——その二択を与えてくれたようで、もうすでに服を脱がせているので答えは決まっているのだが。

その翌日のこと。外遊びをしようとルウを抱っこ紐で背負って出ると、通りかかった後宮の大広間では、相変わらずナージーを囲むように妃たちが歓談していた。

ナージーはカフヴェをすすっていたが、背を丸めていて覇気がなかった。

妃の一人がなだめながらロクムの載った皿を差し出す。

「元気を出して、ナージーさま。皇太子殿下が冷たいのも、彼にそそのかされているからなのよ」

そのせりふで、また自分が非難されているのだと分かった。それはいいのだが、火の粉がルウに降りかからないことを願うばかりだ。

ナージーは一人の侍女に耳打ちされ、その場を立ち上がる。

「申し訳ありません、用事を言いつけられたので失礼しますね」

妃たちは励ましながらそれを見送るが、妃たちの周りにいた二人の男児が、大広間の出口まで彼を追いかけて、両脚にしがみついた。

「まてー、つかまえたぞ」「ぼくとあそべ！」

先日ユスフのもとで一緒に遊んだ男児たちだった。ユスフと同じ感覚でナージーにも絡んでいるのだろう。しかし――。

「……っひ」

男児たちは絶句してその場に立ち尽くしたのだ。

何事かと目を凝らすと、ナージーが彼とは思えない殺気立った表情で、男児たちを黙って見下ろしていたのだ。

ナージーは周囲を見回し、おしゃべりに夢中な妃たちの視線がこちらに向いていないことを確認すると、男児たちがしがみついた脚を交互にぶんと振った。

払い飛ばされた男児たちは廊下に尻餅《しりもち》をつき、わーっと泣き始めたのだ。

「何をしてるんですかっ！」

ユスフは駆け寄って、男児たちにけががないかを確認する。ナージーは無表情で泣いている男児たちとユスフを見下ろしていた。

騒ぎに気づいた乳母や妃たちが駆け寄ってくる。

「まあ、何事ですか！」

我が子が泣いているのを見た皇弟の正妃が叫ぶ。

するとすかさずナージーが振り向いて、こう言ったのだった。

「僕にも分かりませんが、皇子さまたちと戯れていたら、ユスフが駆け寄ってきて……」

ユスフの血の気が引いた。自分が男児たちに危害を加えたかのように聞こえる言い方だった。

「どういうことですか！　非力な人間の上に、庶民出身の分際でなんてことを！」

皇弟の正妃がユスフに詰め寄る。赤茶色の尻尾がピンと立っていて、かなり怒っている。

ユスフは首を振った。

「おれは何もしていません、彼が――」

「また、僕のせいですか……」

ユスフの言葉を遮って、ナージーが悲しそうに微笑んだ。

「ルウさまが泣くのも僕のせい、皇太子殿下がご機嫌が悪いのも僕のせい……そして今回の加害行為も僕が犯人――そうおっしゃりたいのですよね、ユスフさま」

何十もの瞳が、一斉にユスフに向く。もちろん蔑みや嫌悪の視線だ。

目眩がした。自分は何を言われているのだろうか、と思考が停止してしまう。想像もつかない悪意に絡め取られ身動きが取れない。

とんでもない人物だ、顔も見たくない、さっさと消えてくれ――。

彼女たちから自分に向けられた目はそう語っている。誰かがぽつりと言った。

「こんな方の言いなりだなんて、もう皇太子殿下はこの国をお継ぎになる器では――」

動悸が激しくなる。レヴェント自身の振る舞いで評判を下げるのは、彼の望みなのでいいだろうが、自分のせいで株が下がるなんて――。

異様な雰囲気に、先ほどナージーに振り払われた男児が再び泣き始め、それに呼応するように抱っこ紐の中にいたルウも泣き出した。

すると、その広間にいた子どもたちに感染し、わあわあ、えんえん、泣き声の大合唱が始まる。

慌てた妃や乳母たちが我が子をなだめているうちに、ナージーはユスフを一瞥して広間を去っていった。

（なんて人だ……なんて人だ……子どもに暴力を振るうなんて、とんでもない人だ）

ユスフは遅れて怒りがふつふつと沸いてきた。

妃の一人がユスフを問い詰めようとしていると、聞き慣れない男性の声がした。

「なんの騒ぎでしょうか、みなさま」

耳と尻尾が灰色の、爽《さわ》やかな狼獣人の青年が立っていた。彫りの深い二重に真っ青な瞳が印象的だ。

誰かが黄色い声を上げた。

「まあ、お久しぶりでございます、カヤ皇子」

皇帝イルハン二世の三人目の嫡子である、カヤ第三皇子だった。

ユスフがイーキンから聞いた情報によると、十八歳になるカヤは、まだ妃が一人もいないため、後宮に姿を現すことはほとんどないとのことだったが――。

カヤ皇子は紺地に金の刺繍《ししゅう》を施した短い上衣と、同じ生地のシャルワールを穿いていた。腰には立派な直刀を提げている。

他の妃たちがそうしているのと同様に、ユスフはカヤに道を譲ろうと壁に寄り、深々と頭を下げた。

「突然ですみません、私は妃がいませんので夜間の訪問は余計に失礼かと思って」

「まあ、皇子の生まれ育った場所ではないですか、どうぞご遠慮などなさらず」

カヤ皇子は、レヴェントやネヴァルとは違って、腰の低い皇子のようだった。そのためか妃たちにも人気があるようで、にこにこと出迎えられている。

「久しぶりにお顔を拝見できて嬉しいですわ。お母さまに会いにいらしたのですか？」

先ほど激高していた、赤毛の妃が返事をする。

ユフスの侍女が、第三皇子カヤの母は皇帝の第三側室だと教えてくれた。どこかで聞いた肩書きのような気がしたが、先ほどの騒動のせいかすぐには思い出せなかった。

「いいえ、今日はユスフさまにお会いいたしたくて参りました」

兄たちに劣らぬ美貌《びぼう》で、にっこりとユスフに笑いかける。

同時に、妃たちの鋭い視線が再び突き刺さるのだった。


ユスフの侍女たちが、中庭にある屋根つきの広間に絨毯《じゅうたん》を敷いてカフヴェとロクムを準備してくれた。

ルウはカヤに歩み寄って彼の膝に腰かけた。ルウが膝に座るのは、レヴェントと自分だけだったので、カヤにはよほど心を開いているのが分かる。

「久しぶりだね、ルウ。おしゃべりができるようになったって本当？」

「できるぞ」

カヤの挨拶《あいさつ》に、ルウはイーキン風の尊大な口調で返事をする。

「あ、あの、この口調はイーキンさまを真似《まね》ているようで……」

懸命に言い訳をすると、カヤは気にしていないと首を振った。

「その理由も分かります。イーキンは本当にルウのために一生懸命でしたから」

やはりそうか、とユスフは納得した。子どもの口調は、一番そばにいる〝信頼できる大人〟からうつりやすいのだ。孤児院でも、幼児たちは担当保育婦の話し方によく似た。

イーキンは尊大で鬱陶《うっとう》しそうにしつつも、ルウを親身に世話していたのだ。

「あの、おれにご用があるそうで……」

ユスフは本題に入る。多忙な皇族を長く引き留めるのも申し訳ないと思ったからだ。

「本日はお礼に参りました。妹にとてもよくしてくださったようで……」

妹、と聞いてユスフは首をひねった。

「ふふ、年が離れているので分かりませんよね、鳥のおもちゃを作っていただいた五歳の皇女です」

「あっ！」

思わず大きな声を上げてしまい、慌てて口を塞《ふさ》いだ。

「セナさまですね！　ええ、つたないですが木彫りの鳥をお渡ししました」

カヤと第四皇女は、皇帝の第三側室の子なので、正真正銘のきょうだいなのだという。

「皇帝の末子で、他のきょうだいとも年が離れているので、かなりわがままに育ちまして、後宮内でもそのように振る舞うので、他の子と仲良くできずに孤立していたのです」

そこに現れたのがユスフで、木彫りのおもちゃを作ってくれたり、さらにそのおもちゃでルウと遊んだりしたことをきっかけに、他の子どもとも遊べるようになったのだという。

「私もそれを聞いて嬉しかったのですが、母上がたいそう喜んでおりまして……」

以前、皇帝の第三側室が木彫りのおもちゃのお礼をくれたのは、そのような意味があったのかと納得する。

「それはそれはわざわざ恐縮です。お母上からも贈り物を頂戴《ちょうだい》しました。お礼を言われることじゃないんです、普通のことですから……」

「その〝普通〟が後宮ではなかなかできないのです」

十四歳まで後宮で育ったカヤは、教えてくれた。

妃同士の関係で、子どもたちにまで影響が及ぶこと。過去には、皇位継承を巡る暗殺など恐ろしい計略も横行していたせいで、まだ妃たちがピリピリしているのだと――。

「皇位も継承できず、第三側室の子とあって権力もないので、他の妃たちも妹とわざわざ仲良くする必要はないと判断したのでしょう。子どもをあまり近寄らせなかったのです」

子どもたちの中で孤立していたのは、ルウだけではなかったのだと知る。

「あなたが苦しい立場に追い込まれているので力になるよう母上から連絡があり、本日はうかがいました。第三皇位継承権のある私が後ろ盾になれば、嫌がらせなどは少しは軽減されるだろうとのことで……」

こうして一緒に談笑する姿を妃たちに見せつけるだけでいいのです、とカヤはカフヴェすすった。

「……っ、ありがとう、ございます……」

ユスフは声を詰まらせて、深々と頭を下げた。

悪意や蔑みの視線で擦過傷を負ったような精神に、皇帝の第三側室やカヤの優しさが染みる。たった一人の異質な妃のために、多忙な中で時間を割いて力になってくれるとは。

「顔を上げて、ユスフ」

カヤがユスフの肩にそっと手を置いた。

「木彫りの鳥を私も拝見しました。妹の手が傷つかないよう角が取られていた上に、丁寧にヤスリがかけられていました。それだけであなたのお人柄が分かるというものです。兄上は本当にいい妃をお選びになった」

海のような青い瞳が揺れた。レヴェントの金眼が人を魅了する瞳なら、カヤの瞳には包み込むような深さを感じる。

「……おれの噂をご存じないのですか、賭博場の……」

「ええ、聞いていますよ」

それがどうした、とでも言いそうな口調だ。

「兄上なりのお考えがあるのでしょう。みんなは勝手なことを言っていますが、私は戦で兄上と行動をともにしているので分かります。兄上は驚くほど聡明なお方です、あなたが気に病むことではありません」

レヴェントが皇位につけば、ネヴァル第二皇子は文官を束ね、カヤ第三皇子は武官を束ねて帝国を支えることになっているのだと言い、カヤは現在、兵法に長《た》けたレヴェントのもとで学んでいるのだという。

「兄上は兵法だけでなく、ご自分もかなり腕が立つのですよ」

ユスフはぶんぶんと首を縦に振る。

「ですよね、ですよね、太刀筋《たちすじ》も美しくて――」

と、そこまで言って、稽古は秘密だったと気づく。おたおたと「……と後宮内の噂で聞きました」と取り繕った。

「と、とにかく、レヴェントさまは誰がなんと言っても、おれにとっては素晴らしい方なんです。ご恩があることを差し引いても、尊敬できるお方で――どんなに悪い噂が流れても、おれはレヴェントさまの応援団です」

「そうじゃな」

ユスフの早口に、ルウが突然いつもの口調で同調したので、その場にいた全員が顔をほころばせる。

「父上はその……女性がとてもお好きなもので、それを反面教師とした兄上は『伴侶《はんりょ》に迎えるのは生涯で一人だけ』と言っていました。あなたが〝そう〟なのですね」

（生涯で一人）

カヤの言葉に、感情の波がどっと押し寄せた。

かりそめの妃であることで、純粋にユスフを評価するカヤを騙してしまっている罪悪感。

レヴェントが『生涯で一人だけ』の女性を愛すると決意していることへの衝撃――。

レヴェントが自分をよく思ってくれているのではないか、と浮かれる瞬間も多かったが、そんなことはあり得ないし、あってはならないのだ。

皇后ギュナナの「お世継ぎを」という言葉が脳裏をよぎる。

生涯でたった一人、〝世継ぎを産める妃〟がレヴェントには必要なのだ――と。

それ以降のやり取りは、なぜか現実感がなくて、カヤとどのように別れたかもぼんやりとしか覚えていないのだった。

（どんなに優しい言葉をかけられても、おれは浮かれてはならなかった。偽物はずっと偽物、そして任務はいつか終わらせなければならないんだ）

部屋に戻ってからも、ルウをぎゅっと抱いてしばらく震えていた。この震えがどこからくるのか、分からぬまま。

【6】騎士の矜持《きょうじ》

肩身の狭い生活に慣れつつあるころ、妹ミネからの手紙をイーキンが届けてくれた。

『まだ帰ってこないのですか、早く顔を見て無事を確認したいでさ』

輿入《こしい》れ騒ぎから四十日を数えようとしていた。ミネが不安になるのも分かる。ただユスフは不思議な感覚にふわふわとしていた。

（この任務が終わってほしいような、終わってほしくないような……）

任務の終わりが、レヴェントやユスフとの別れになってしまう。レヴェントを謀った身で、離れたくないなどと願うのはお門違いだと分かってはいるのだが……。

こうすべきだ、という思考に、心が追いつかないでいた。

突然、後宮内がざわざわと騒がしくなる。

後見人であるイーキンがユスフに再度面会にやってきたとの知らせを受け、ユスフはルウを抱っこ紐で抱いたまま、応接間に駆けつける。

「明日、皇太子殿下が出兵なさる」

どきりとした。

イーキンによると、七年前に制圧し帝国領としていた西側の元トネル王国で、一部の過激派勢力が反旗を翻したという。

元トネル王国領を任されていた高官から早馬で知らせが届き、制圧するべくレヴェントと第三皇子のカヤが軍を率いて向かうことになった。

「北西のペトゥルク共和国との国境では皇帝が苦杯をなめてきたが、西のトネル領は従順で自治もうまくいっていたはずなのだが……」

不穏な動きなどなかったため武官ではなく文官が統治を任されていた。それが災いして、騒乱への対応が遅れているのだという。

「ご準備で忙しいため本日はこちらにお渡りにならぬそうじゃ。明朝出発すれば二晩で現地に到着できるだろうが、どれくらいでお戻りになるかは分からぬ」

ユスフは胸がざわざわして、カフタンをぎゅっと摑む。

騎士である自分なら喜び勇んで立ち上がる場面だろうに、レヴェントが戦に出向くとなると真逆の感情が生まれてしまう。

「ちちうえ、こないのね」

ルウがしゅんとうつむく。安心させたくて、ユスフはぎゅっと抱きしめた。

「大丈夫、きっとお仕事をぱっと片づけて帰ってきてくれるよ」

その夜、何かを感じ取ったのかルウはなかなか寝つかなかった。普段はしない指しゃぶりをしながら、いつもより遅く就寝したのだった。

朝までそばにいようと、ルウの背中をとんとんと優しく叩く。

ふっくらとした愛らしい頬、寝台の敷布に広がるよだれ、「くぅぷ、くぅぷ」という独特の寝息。そばにいたい、慈しみたい——そんな思いが膨れ上がる。

一方で、明日出兵するレヴェントのそばにもいたい、と願う騎士としての自分もいる。

(お力になれるか分からないけれどお守りしたい)

窓から上弦の月を見上げた。二十日ほど前の、狼姿を見せてもらった満月の夜を思い出す。

血のつながりがないとはいえ、レヴェントとルウは正式な親子だが、自分はただの乳母代わりだ。どういうつもりで狼姿になれる秘密をレヴェントは教えてくれたのだろうか。

意図を聞いたときに「意地悪だな」と言った意味は——。

そんなことを考えていると、月が突然消えた。

「っ……!」

声を上げそうになって、慌てて口を塞ぐ。

(レヴェントさま!)

月が消えたのではなく、窓からひょっこり姿を現したレヴェントの陰に隠れたのだ。

「すまない、驚かせて」

レヴェントは窓からひょいと身体を部屋に滑り込ませる。いつもの王族らしい格好ではなく、軽装だった。

「明日は出発が早いから、二人の顔を見に来たんだ」

先ほどまであんなにモヤモヤしていたのに、その一言で切なさと喜びがこみ上げるので、自分はなんて単純なのだと思った。

レヴェントはそっと寝台に歩み寄り、ぐっすり眠っているルウの額や頬を撫でる。親指を何度も動かして、その感触を覚え込むかのように。

「かわいいな」

ぽそりとそう呟いた。

「ええ、かわいいです」

ユスフはそう言って、ルウのふわふわの金髪に指を入れた。

ルウを撫でていたレヴェントの手が、ユスフの頬に移る。

「何度も戦に出たが、今夜ほど明日が来なければいいと思った日はない」

どういう意味だろうか、ユスフはその真意を問うようにレヴェントを見つめる。

「大切な者ができると、自分の命も惜しくなるのだな……」

金眼が細められ、困ったときのように眉尻が下がる。

「レヴェントさま……！」

ユスフは思い切ってレヴェントの腰に抱きついた。

「おれは本当の妃ではありませんし、男ですし、なりたてですが騎士です！　叶うことなら、おそばであなたをお守りしたい……！」

動きが止まっていたレヴェントの手が、ユスフの背中にそっと回される。

「その言いぶりだと、叶わないことが分かっているから言っているのだろう」

うなずいてレヴェントの指摘を受け入れる。自分にはルウを守る使命がある。か弱いルウこそ、最優先で守らなければならないのだ。

「身体が二つに分けられたら良いのに……命をかけてあなたをお守りするのに……」

気圧《けお》されたように耳を倒したレヴェントは、しばらくの沈黙を経て、微笑んだ。

「嬉しいよ……なあユスフ、帰ってきたら話したいことがある」

「……？　今ではだめなのですか」

「ああ、今伝えたら、私は本当に出兵を取りやめてしまうかもしれない」

「……嘘つきですね」

「なぜ嘘だと？」

「おれの知っているレヴェントさまは、国のためにご尽力されているお方です」

「買いかぶりすぎだが、素直に喜ぶことにしよう」

ふふっと肩を寄せたレヴェントは、いつになく少年のようだった。

ユスフはまっすぐ彼を見上げた。

「必ず、帰ってきてください」

「もちろんだ、ルウを頼む。後宮内に裏切り者がいれば、腕の立つ私とカヤが不在となる明日以降、絶好の機会なんだ」

「ええ、どんなことがあってもお守りします」

「いざとなれば、ルウを連れて逃げてくれ」

後宮は堅牢《けんろう》な造りで、さらには数多くの衛兵たちが守りを固めている。どこよりも安全な場所と言っても過言ではないのに、レヴェントが懸念しているということは現実的な確率であり得ることなのだ。

ふと月明かりが遮られる。レヴェントが顔を近づけてきたのだ。

(戦に行く前に口づけをするなんて……まるで本当の夫婦みたいじゃないか)

そんなことを思いながら、彼の唇を受け入れる。

「……この口づけも、嘘ですか」

「さあ、どうかな。帰ってくるまで悶々《もんもん》と悩むといい。私のことで頭がいっぱいになってしまえばいい。毎日、その心境を手紙で送ってくれ」

意地悪だ、と再び瞳を閉じた。

第三皇子カヤの「兄上は生涯一人だけと決めている」という言葉が、何度も脳内で繰り返される。

お守りしたい、そばいたい、自分だけを見てほしい――。

この欲求に通底する感情は、恋だ。

(おれは好きなんだ、レヴェントさまが。だからこそ、早くここを出ていかなければならないんだ)

国のために尽くすレヴェントが、情報漏洩《ろうえい》をする裏切り者をあぶり出した後、しなければならないのは世継ぎを残すことだ。

レヴェントの好意も、今ならよく分かる。彼が「伴侶は一人」と決めているのなら、なおさら産めない自分はそばにいてはならないのだ。

ユスフはレヴェントの胸に顔を埋め、ぎゅっと目を閉じた。

彼の目的が達成されたときが、別れの時だ。


翌朝、レヴェントとカヤは五百人の軍を率いて、宮殿を出発した。

後宮の三階から見送ったユスフには、背筋のピンと伸びた姿が神々しくすら見えた。

ユスフと同じように、カヤの母である皇帝の第三側室、そして皇后ギュナナもその姿を見送っていた。

後宮の妃たちはこのように戦地へ赴く主人や息子を見送り、無事を祈ることしかできないのかと思うと歯がゆい。

「地方の反乱くらい鎮められなければ、未来の皇帝など務まりません」

ギュナナはそう冷たく言い放つ。しかし、扇子を持った指先は細かく震えていた。

そうやって彼女たちは気丈に振る舞い、後宮内で動揺を広げないように努めてきたのだと、ユスフは思った。

「あなたもゆったりとお過ごしになってね」

皇帝の第三側室がそっとささやいた。第三皇子カヤを後ろ盾としてつないでくれた件の礼も含め、ユスフは膝をついてゆっくりと頭を下げた。

「ご高配に心より感謝いたします」

あら騎士みたい、と冗談めかす第三側室に、娘の第四皇女セナが口を挟んだ。

「おかあさま。ユスフは犬に追いかけられてしまう小心者ですよ、騎士なんかにしたら一番にけがしちゃうわ」

「セナさま、もう犬をけしかけないでくださいね……」

ユスフは笑いながら頭をかいた。すると「犬」と聞いたルウが、木彫りの犬をユスフの眼前に出し「わんわ！」とけしかけてくるのだった。

ユスフは早速、手紙を書いた。

出立を後宮の三階から見送ったこと、皇后陛下や第三側室も気丈にその様子を見守っていたこと、ルウが「しっぽがほしい」と言い出したこと、レヴェントがいない夜をさみしく思っていること――。

二通目は、妹ミネ宛てに書いた。任務が終わり次第すぐに顔を見せにいく、と。

待機している配達兵のもとに、その二通を持参する。いつもは侍女が持ってくるのに、今回はユスフ自ら持ってきたとあって恐縮していた。

「今朝《けさ》出立されたばかりなので、馬を飛ばせばすぐ追いつけると思います。お返事はいただいて帰りますか？」

ユスフは首を振った。反乱の制圧に集中しなければならないレヴェントに、余計な手間をかけさせたくなかったからだ。

「また手紙を送りたいので、返事を待たずに帰ってきてください」

配達兵は敬礼すると、馬に乗って駆け出した。

後宮の広間が賑《にぎ》やかになったのは、翌々日の夜のこと。

「今日は厨房《ちゅうぼう》で僕がおやつを作りました、みなさんに喜んでいただきたくて！」

ナージーがそう言って広間に人を集め、バクラヴァという焼き菓子を並べたのだ。

ユスフも後宮で何度か口にした菓子で、何層にも分かれた小麦生地の間に、甘い豆類を挟んだものだ。仕上げに熱々の油がかけられるので、より香ばしくなる。

ラーレに連れられて、皇帝も広間に姿を現した。

「皇帝陛下、あのナージーがバクラヴァを作ったそうですわ」

「ほう、あの人間の男妾か。食べてみるか」

ナージーはみんなの目の前で、熱した油をかけてみせ、ジャーッという豪快な音に歓声が上がった。

いつもと雰囲気が違うのは、この場に毒味役がいることだった。

皇帝にはいつも必ず毒味役がついている。後宮にも皇帝専用の女性の毒味役がいて彼女が一口食べ、問題ないことを確認してから皇帝に提供された。

「……！　これは美味だ」

皇帝が目を瞠《みは》る。続いて妃たちも口にして、その味に舌鼓を打った。

呼ばれたナージーが膝をついて、皇帝に挨拶をする。

「いい味だ、そなたのふるさとの味か」

「ええ、僕の息子――いえルウさまもこれが好きでよく食べていましたので……」

ユスフははたと手を止めた。

いま妃たちが食べているバクラヴァには、くるみが入っている。

肌に発疹《はっしん》や発赤《ほっせき》が出るため、ルウには食べさせていない食材だ。

イーキンからもらった、ルウに食べさせてはならない料理一覧にもバクラヴァはあった。

そのためこのバクラヴァもルウには与えず、別の菓子を渡している。

その様子に気づいたナージーが、皇帝の前でちらりとユスフに視線を送り「親代わりのお方は、あえて食べさせていないようですが」と悲しそうに申し上げた。

皇帝やその場にいた妃たちが、ルウの手に別の菓子があるのを確認すると、再びユスフに軽蔑《けいべつ》するような視線を送るのだった。

その扱いにはずいぶん慣れてきたのだが、ユスフは不思議に思った。

(幼いころは発疹もなくくるみを食べていたのだろうか……)

ナージーは皇帝に、もう二皿手に取って申し出た。

「たくさん作りましたので、後宮内の使用人などにもお裾分けしたいのですがよろしいでしょうか」

そうしてやれ、と機嫌よくうなずいた皇帝は、念のためその皿もそれぞれ毒味役に食べさせる。

それではと、別のバクラヴァが入った二つの大皿に、再び油をジューッとかけて、後宮内の使用人たちに配りに行ったのだった。

ユスフはルウを抱っこしたまま、慌ててナージーを追いかけた。

「待ってくれ」

ナージーは足を止めて、ゆっくりと振り返った。

「なんだい？　ユスフさま。バクラヴァが冷めてしまうから、手短にどうぞ」

「ルウがそのくるみ入りのバクラヴァを幼いころは食べていたって本当？」

「ああ、大好物だったよ」

「そうか……じゃあ、いつこうなってしまったんだろう」

ユスフは首をひねった。ナージーに説明を求められたので、説明する。

「君のバクラヴァを意地悪でルウに与えなかったわけじゃないんだ、ルウはくるみを食べると発疹や発赤を起こすから医師に止められているんだ。説明不足でごめん」

一瞬、ナージーの顔から笑顔が消える。

ユスフはその表情にどきりとした。まるで心がない人のように見えたのだ。

「あっ、そうだ、そうだった、ごめん、くるみは入れていなかったかもしれない。妻のほうがよく作っていたものだから」

妻は、ルウの出産時に他界したのではなかったか――。

嘘とは、思わぬところからほころびが見える。

丁寧に繕わず、糸を無理に引っ張ってなんとかしようとすると、ほころびを大きくしてしまうこともある。

「――君は一体……」

「ああ、それは明日話そう。僕はバクラヴァをみんなに届けないといけないから、また」

ナージーは爽やかな笑顔を振りまいて、その場を去っていった。

ユスフはルウを抱いて部屋に走った。慌てて紙を取り出しレヴェントに手紙をしたためた。ナージーが嘘をついている可能性があることを、彼は何らかの目的でこの後宮に乗り込んでいるのではないかということを。

帰ったばかりの配達兵に謝りながら、それを渡した。

「飛ばせるだけ飛ばしてくれませんか、緊急の知らせです」

配達兵は、おまかせくださいと胸を張った。

「実は先日手紙を届けた際、もっと足の速い馬がいいだろうと、殿下がとびきりの軍馬を与えてくださったんですよ」

そういえば、いつも乗っている鹿毛《かげ》の馬ではなく、一回り体格の大きい黒い馬になっていた。

「皇太子殿下は先見の明がおありだ」

配達兵の言葉に、ユスフがなぜか照れてしまう。「放蕩者ですけれど」と肩をすくめると、こう返ってきた。

「そこも魅力なのでしょう、ユスフさま」

のろけに聞こえてしまったようだ。配達兵が鐙《あぶみ》を蹴《け》ると、あっという間に姿が見えなくなってしまった。

「おうま、はやいね」

ルウが感心して呟いた。

反してユスフの心臓はばくばくしていた。

(ナージー、一体何者なんだろう……もし仇《あだ》なす者だったらどうしたらいい？　今日食べたバクラヴァに何か入っていたんじゃないだろうか)

皇帝の毒味役が許可したものなので、ひどいものは入っていないのだろうが――。

ユスフは、使用人たちのためにバクラヴァを抱えていったナージーの姿を思い出す。

「あのバクラヴァは、毒味のあとに油をかけていなかったか……？」

自分の考えすぎかもしれないと思いつつ、ユスフはその日、寝間着に着替えず、カフタンの下にレヴェントからもらった半月刀を隠したまま就寝したのだった。


女性の悲鳴でユスフは目を覚ました。

ルウを抱えると、隣室の侍女たちを呼ぶ。人間よりも何倍も耳のいい彼女たちも、早々に気づいていたようだ。

ドスドスという足音が聞こえてくる。しとやかに歩く後宮の女性たちとは全く違う音が。

「おい！　開けろ！」

扉を何度も激しく叩かれる。震える三人の侍女にルウを預け、部屋の端に待機させて扉に向かった。

「何用だ！」

一瞬扉の向こうがひるむ。男の声だったからだろう。

「後宮はおれたちが占拠した、お前たちは人質となる。おとなしく出てこい。さもなくば後宮中に油をまいて火をつける」

剝き出しの敵意にユスフはごくりと喉を鳴らした。

「人質に命の保証はあるのか」

「お前たち次第だな」

ユスフは仕方なく部屋の扉を解錠することにした。突然襲ってきたら反撃できるよう、長いカフタンの下に隠した半月刀に手を添えて。

扉から二人の武装した獣人が入ってきた。熊獣人のようだ。もう一人は鷲《わし》獣人のようで手にたいまつを持っている。

熊獣人から眼前に直刀を突きつけられる。

「ほう、お前が噂の男寵妃か……人間だと聞いたが、なんともひ弱そうだな」

「だからかわいがられてるんだろ」

二人がヘッヘと下品な笑いを浮かべる。

ユスフはルウを侍女から受け取り、抱っこ紐で身体に固定する。カフタンの下に隠した曲刀がばれないようにしなければならなかった。

「お？　なんだそりゃ」

熊獣人が抱っこ紐を怪しんで手を伸ばしてくるので、その手を払いのけた。

「触れるな、息子は赤ちゃん返りをしていて密着していないと泣き叫ぶんだ。お前たちも騒がれるのは困るんじゃないのか」

熊獣人たちの手が止まった。予想通りだった。宮殿や騎士団に気づかれないように、後宮に忍び込んだのだ。今、外に気づかれて囲まれてしまっては彼らの計画は台無しになる。

「泣かせるなよ、泣き叫んだら殺す」

事態が飲み込めないまま、ルウが震えていた。目に涙をいっぱいにためて。

「きた……またこわいひときた……」

表情をなくした状態で自分を見上げてくるので、熊獣人に連行されながら微笑みかけた。

「大丈夫、おれが守るから」

ルウはうなずいて、手に持っていた木彫りの犬を抱きしめた。

広間の一角に集められた後宮妃や侍女たちは、寝間着のまま連れてこられたようで震えていた。騒いだためか数人の妃は猿ぐつわをかまされていた。

「くそ……っ、衛兵は……衛兵は何をしているのだ！」

そう叫んでいたのは皇帝イルハン二世だった。後ろ手に縄で拘束されている。

武装兵が「衛兵なら拘束されて中庭に転がってるぜ」と笑った。

選りすぐりの衛兵たちがどうして――。

ユスフはナージーの姿を探す。彼のバクラヴァにやはり――。

しかし彼も集められた後宮妃の中で、青ざめて震えていた。

(彼がバクラヴァに何かを盛ったんじゃないのか……?)

集団の中で、第二皇子のネヴァルも拘束されて立っていた。後宮にはたまにしか来ないネヴァルが、この数日は渡っていたことは聞いていたが……。

周囲を見渡すと広間だけでも敵は十五人ほどいて、ほとんどが熊獣人だった。

ネヴァルが舌打ちをしながら「ペトゥルクか」と言った。

ペトゥルク共和国――帝国北西にある国境で幾度となく武力衝突し、出向いた皇帝が事実上の敗戦を喫した国だ。兵士には屈強な熊獣人が多いと聞いていたが、熊獣人の中でも大きい者を揃えているように見える。もちろん、オスマネク帝国の軍人や騎士にも熊獣人はいるが、狼獣人が比率としては最多だ。

ユスフも拘束しようとしたが、武装兵の一人が言った。

「人間だろ、力は雌の獣人以下だというから放っておけ」

よく見るとナージーも拘束されていなかった。

後宮妃が全員集まったことを確認すると、長椅子《ながいす》に座っていた熊獣人がゆらりと立ち上がって、前に出た。

「後宮のみなさま、夜分に突然の訪問失礼いたします。私はペトゥルク共和国第二歩兵師団の第一小隊指揮官マリウと申します」

マリウは後宮の占拠を宣言し、両手を広げた。

「皇帝陛下、この場で私たちの国に従い、北西の領土三分の一をこちらに寄越すと誓約書を書いていただきます」

皇帝は拘束されたまま激高する。

「なんだと？　そんなもの誰が書くか！」

敵兵の指揮官マリウは、ふうとため息をつく。

「書いていただけるまで、ここにいる妃や子どもたちを一人ずつ殺します」

ヒッと、妃たちから悲鳴が上がる。すすり泣きまで聞こえてきた。

皇帝の第一側室ラーレが、皇帝にすがった。

「陛下、みんな殺されてしまいます、どうか誓約書を書いてくださいませ！」

「できるか、あれは私の領土だ、そんなことをしては皇帝の名が廃る！」

その言葉に妃たちが絶望した。

ネヴァルも皇帝に同調した。

「それだけではない、明け渡した領地は間違いなく略奪される。しかしペトゥルクとは停戦に向けた協議を始めたばかりなのに……あれは意表をつくためだったのか？」

血なまぐさい単語が飛び交い、ユスフの心臓が、ばくばくと音を立てる。

頭の中で、レヴェントが出立前に残した言葉が何度も響いた。

『いざとなれば、ルウを連れて逃げてくれ』

自分たちを取り囲んでいるペトゥルク共和国の武装兵をもう一度確認する。

ほとんどが熊獣人で、一部、哨戒《しょうかい》のために鷲獣人がいるようだ。騎士団にも熊獣人がいたのでユスフは知っていた。彼らは力は最も強い種族だが速さで劣る。

抱っこ紐でルウを固定している状態なら両手が使えるので、このままルウだけを連れ出して後宮外へ逃げおおせることができるのではないか。そのまま宮殿や軍部に知らせて応援を呼べばいいのではないか――と。

しかし取り囲んだとしても、大量に人質が取られていることに変わりはない。

最悪、ペトゥルクの急襲部隊を鎮圧できたとしても、かなりの人質が殺害される可能性があるのだ。

ユスフは集められた後宮妃や子どもたちを見回した。皇后や皇帝の第三側室、その皇女セナの姿もあった。一緒に遊んでくれた子どもたちも、もちろん自分を軽蔑していた妃たちだって、尊い命だ。

ルウの命を守るために、この人たちを見捨てるのか、と自問する。

究極の選択だった。

ふと手紙を託した配達兵と足の速い軍馬のことを思い出す。

（あの手紙が想定よりも早く届いていれば、今ごろレヴェントさまがこちらに戻ってきてくれているかもしれない）

必要なのは、それまでの時間稼ぎだ。

一縷《いちる》の望みに託す――。

ユスフは「すみません、ルウがうんちを漏らしちゃったので」と嘘をつきながら場所を移動する。同時にルウがショックを受けた顔で大口を開けた。

ネヴァルの背後に回ると「おむつかえさせてください、すみません」と屈《かが》み込んだ。

「おい、私のそばでおむつをかえるな！　そなたこんなときに――」

ネヴァルはそこで言葉を止めた。ユスフが隠していた半月刀でネヴァルを拘束していた縄を切ったからだ。

横にいた皇后がそれを見て悟ったのか「腰が痛いわ」と立ち上がり、その背にユスフを隠してくれた。

ルウがじとっとユスフをにらむ。うんち漏らしの濡《ぬ》れ衣《ぎぬ》を着せられ、子どもなりに矜持が傷ついたのだろう。

「ごめんってば、あとで取り消すから」

ユスフはネヴァルの手のひらに「刃物は」と指文字で伝えた。

騎士団で最初に学ぶもので、捕虜となった際などに使用する。文官のまとめ役であるネヴァルに伝わるかは賭《か》けだったが――。

『ある』

指文字で返される。よし、とユスフは心で拳を握った。

そうしているうちに、敵兵が一人の妃の髪を摑んで引きずりだした。

「きゃあああああっ」

ナージーに同情し、ユスフを毛嫌いしていた赤毛の妃だ。

指揮官のマリウは「かわいそうですなあ」と眉尻を下げながら、直刀を抜いた。そして赤毛の妃に切っ先を向ける。

「痛くないようにひと突きで殺してさしあげますね、皇帝陛下が頑固だからあなたは死ぬのです。恨みなさい、陛下を」

ユスフは皇后にルウを「頼みます」と押しつけ、直後思い切り床を蹴って飛び上がる。

宙に浮いている間に半月刀を抜き、大きく息を吸った。

音は何も聞こえなかった。

ただ、感覚が研ぎ澄まされていくのが分かる。高いところから、敵兵の位置を瞬時に確認できた。

　レヴェントの言葉がこだまする。

『そなたが騎士となって剣を振るうのは、試合の場ではない、戦場だ』と。

　たいまつの明かりに照らされて目視できるのは、指揮官含む熊獣人十人、鷲獣人五人。

（どこまでやれるか、じゃない。やるんだ、全員を！）

　着地しながら半月刀を振り下ろしたのは、指揮官マリウの腕だった。

　マリウはギリギリで手を引いたが、手応《てごた》えはあった。悲鳴とともに彼の直刀が床に落ちる。床に足がついた瞬間、もう一蹴りして赤毛の妃を拘束している熊獣人めがけて半月刀を振る。彼女の髪を摑んでいた指を斬《き》り、解放されてよろけた妃を、後宮妃たちの集団の中へと投げ込んだ。

「ゆ、ユスフ！　あぶないわ！」

　皇女セナが悲鳴のような声でユスフを呼ぶ。

　襲いかかってきた敵兵を一人切り捨てると、ユスフは振り返ってこう言った。

「敵に囲まれないよう全員壁際に下がって！　おれが命に代えてもお守りします！」

「非力な人間が何を！」

　指揮官を傷つけられて激高した熊獣人三人に取り囲まれ、一斉に襲いかかってくる。

　ユスフは身体を屈めて、一人の股の間をくぐり抜ける。そこから一人を背後から、さらに二人は低い体勢からの連撃で足の自由を奪った。

ユスフは妃たちを守りながら、彼女たちに叫ぶ。

「文を送っています、レヴェントさまが戻るまでの辛抱です。武器を持てる方は持って、身を守ってください！　円陣を組んで子どもは中に！」

妃たちは恐怖で固まってしまい動けないようだ。

すると驚くような大声が響いた。

「早くなさい！　円陣を組むのです、戦闘に長けた狼の誇りを忘れたのですか！　思い出しなさい、あなたたちの本能を！」

凛とした皇后ギュナナの声だった。それに合わせ、ネヴァルが叱咤《しった》する。

「皇帝陛下も中央へ、陛下のお命が最後の砦《とりで》だ。なんとしてでもお守りするのだ！」

後宮妃たちの目が据わった。

そしてグルル……とあちこちから低い唸り声が聞こえてきた。いつも美しく手入れされていた爪が伸びて尖《とが》り、口からは日ごろ絶対に見せない牙がのぞく。

ユスフは熊獣人の一振りに弾き飛ばされながら、その様子に瞠目《どうもく》した。

さすが頂点に立つ狼獣人だ、人間は弱い弱いと言っているだけのことはある。

戦闘経験のない妃たちでさえ、獣の本能を解放すると髪が逆立つほどの殺気を漂わせているのだから。

「ちょこまかと逃げるな、猿のようなやつめ」

熊獣人が直刀をユスフに振り下ろしてくる。

このまま半月刀で受けても、力負けして押しつぶされるだろう。

レヴェントの稽古がよみがえる。

『騎士団の剣術は基本大型獣人向けだ、体重の軽いそなたには向かない。力を受け流して軽やかに跳ねる戦い方がユスフには合う』

そう言って、受け流した力を利用する技を教えてくれたのだった。

『戦場では力比べで勝敗が決まるのではない、生き残った者の勝ちだ』

（おれは……後宮のみんなは、必ず生き残ります、レヴェントさま！）

ユスフは左手で握った鞘《さや》で、熊獣人の振り下ろした直刀を受け流し、その軌道をそらす。大型獣人向けの直刀は長く、そして重いため、そのまま床に突き刺さる。そこから引き抜くわずかな間に、ユスフは利き手で握った半月刀で反撃する。

子どもたちがいる前で命は奪いたくないので急所を外した。それでも大けがは免れないので動けないはずだ。

妃たちも襲いかかろうとした熊獣人を爪と牙で威嚇《いかく》する。中には床の大理石を剝がして投げつけ、敵兵を気絶させた妃もいた。「普段はこんな品のないことしませんのよ」などと言い訳をしながら。

そして、ついに最後の一人、鷲獣人の足を斬りつけ、その場にいた十五人の兵士を制圧する。

「や、やった……!」

赤毛の妃がいの一番に飛びついて、ユスフの安否を気遣った。

「ユスフさま、おけがはありませんか……ああ、わたくしなんてお礼を言ったら……」

妃たちはわっと歓声を上げた。我が子を抱きしめて涙を流す者もいれば、ユスフに駆け寄ってくる者もいた。

ネヴァルがその場にいた者に指示して、広間の扉という扉を施錠するよう指示する。

「急襲部隊はまだ外にいる。籠城《ろうじょう》し、援軍を待とう」

ルウを抱いた皇后ギュナナが歩み寄り「抱きしめておあげなさい」と、ルウをユスフに渡す。

「ルウ」

声をかけると、ルウは下を向いていて、歯をぎゅっと食いしばっていた。

ほっぺも耳も真っ赤だ。

「ぼく、うんちもらしてない」

「うん、ごめんね」

「こわかった、ユスフしんぱい」

「怖い思いをさせちゃった、もう大丈夫だよ」

「ちがう。おわかれこわくて、ママみたいに」

「ママ？」

「ママとぼく、こわいひとにつれていかれた。ぼくはポイされた」

もしや、と思い尋ねる。

「ルウ、それって……レヴェントさまに会う前のこと？　おぼえてるの？」

ルウはこくりとうなずいた。

「さっきこわいひときて」

思い出したのか。とっさにユスフはルウを強く胸の中に抱きしめた。

きっと忘れていたのは、心の傷に蓋をするためなのだ。

戦争や火災で親を亡くした孤児院の子たちも、なぜかすっぽりと記憶が抜け落ちていることが多かった。精神を守るために、そうせざるを得なかったのだ。

ルウは紫の瞳いっぱいに涙をためて、口をへの字にしてこう言った。

「う、う、おわかれきらい、ユスフだいすきなんじゃ」

急襲された恐怖と、よみがえった奴隷狩りの恐怖、そして親代わりとして一緒にいた大人を失う恐怖を同時に味わわせてしまったのだ。

感情が決壊して、ユスフも涙がこみ上げる。

「おれもだよ。ルウ、大好きだよ、大好きだ」

ぎゅっと抱きしめること以外に、できることはなかった。

（ああ、このままルウの親におれがなれたらいいのに――）

「な、何をするっ！」

皇帝イルハン二世の声に、その場にいた全員が振り向く。せっかく施錠した扉を開けたのか、中庭にいた敵兵に捕まっていた。

「父上！　なぜ外に」

「裏切り者が中にいるから、外のほうが安全だと聞いて……っ」

皇帝の視線の先には第一側室のラーレが、恐怖で腰が抜けたのかその場にへたり込んでいた。

敵兵の熊獣人が、皇帝の首に刃を沿わせた。

「よくもやってくれたな、ここで皇帝は終わりだ！」

そう言って刃を首筋に食い込ませようとしたとき、ネヴァルが叫んだ。

「待て！」

ネヴァルは背筋をぴんと伸ばし、数歩前に出た。

「皇帝を殺害したら、兄上――レヴェント皇太子がどんな報復に出るか分からないぞ。お前たち一族郎党、二度と繁栄できぬぞ」

「戦の申し子レヴェントか――心配ない、頼みの皇太子と第三皇子はもう死んでるよ」

熊獣人が説明している間に、再び敵兵に取り囲まれた。

皇帝を人質に取った熊獣人は副指揮官だと名乗った上で、こう説明した。

西部で起きた反乱は、ペトゥルク共和国が現地住民に扮《ふん》して起こしたものだと。資源豊かな西部は手放せないため、武に長けた皇族が鎮圧に向かうと踏んでいたのだという。

「反乱を抑え込んで、へとへとになって戻ってくる途中で我が国の別部隊が襲う手筈《てはず》なんだよ。今ごろ雑草の養分になってんじゃねえのか」

ユスフの手が、指先から冷えていく。

後宮妃たちからも「まさか」「そんな」と悲鳴が上がり、そばにいたカヤ皇子の母――皇帝の第三側室はその場に崩れ落ちる。

（まさか、そんな……レヴェントさまが……）

出立の前夜の、彼の表情を思い出す。

『帰ってきたら話したいことがあるんだ』

だから必ず帰ってきてくれと、ねだったのに。寵妃の願いを叶えるのが仕事だと言っていたのに――。

ショックを受けている後宮妃たちを尻目に、副指揮官は最後のチャンスをやる、とネヴァルに小刀を渡した。

「お前、剣術はだめらしいが、身動きできないやつくらい殺せるよな？　お前の手で皇帝を殺せ、そしてお前が皇帝になるんだ」

「な、何を……言ってるんだ」

「ここで皇帝やお前たちを殺すことができても、異変に気づいたこの国の軍に囲まれて俺たちは死ぬ。しかし、お前が皇帝となり、俺たちの解放と北西部の領地の三分一を寄越すと宣言すれば、すべて片がつくんだよ」

ネヴァルは、ふざけるな、と激高した。

「父を刺せるものか！　それに、私は生まれてこのかた刃物を持ったこともないのだぞ」

それを証明するように、ネヴァルは小刀を持ったまま震える手を副指揮官に見せつけた。

「じゃあいい練習になる。なあ、知ってるんだぜ？　お前、父親も兄貴も大嫌いで、そろそろ自分が成り代わりたいと思っていたんだろう？　ちょうどいいじゃないか、皇帝も皇位継承者も消えれば、領土は減るがオスマネク帝国はすべてお前のものになる」

やけに内情に詳しいその甘言に、ネヴァルは目を瞠る。

皇后ギュナナが叫んだ。

「ネヴァル皇子！　騙されてはいけません！」

ネヴァルは母親を振り返ったが、また皇帝に向き直り、小刀を見つめる。

「……その約束は、必ず守ってくれるのだろうな」

目つきが変わった。切れ長の瞳に殺意が灯《とも》る。

それに気づいた皇帝が「やめろ」と足をじたばたさせるが、熊獣人二人がかりでの拘束には敵《かな》わない。

後宮妃たちもネヴァルを引き留めようと叫ぶが、その中で一人、ナージーだけがこう言っているのを、ユスフは聞き逃さなかった。

「他のみんなが助かるならいいじゃないか」

右手でナージーの胸ぐらを摑み、ユスフは思わずこう言っていた。

「黙ってろ」

そうしている間にも、ネヴァルが一歩ずつ、ゆっくり皇帝に近づいていく。震える手で小刀をぎゅっと摑み、敵副指揮官に尋ねた。

「……どこを刺せば、ひと突きで死なせてやることができる」

「いい質問だな、心臓を三度も刺せば十分だろう。首は勧めないぜ、動けなくはなるが絶命までに時間がかかる」

ネヴァルは「そうか」と言って小刀を握り直した。

どこからかかすかに獣の遠吠《とおぼ》えが聞こえる。

その遠吠えにぴくりと反応したのは、ユスフ以外の後宮妃――つまり狼獣人だけだった。

その瞬間だった。

ネヴァルの小刀が、皇帝を拘束している敵兵の首に突き刺さる。

低い呻き声を上げる兵士の腰から、ネヴァルが目にもとまらぬ速さで直刀を引き抜き、父親の腕を掴んでいたもう一人を切り捨てる。そして、副指揮官の胸をどんと蹴り飛ばしたのだった。

すかさず皇帝を支えて、自身の背後に立たせる。

副指揮官が蹴られた胸を押さえながら「お前、刃物の扱い……！」と立ち上がっている間に、白い影が屋根から飛び降りてきて、ネヴァルの横に着地した。

金色の瞳をギラつかせた、白銀の美しい狼だった。

（レヴェントさま！）

ネヴァルは敵兵から奪った直刀をスラリと構え、不敵に笑った。

「すまないな、私たちは嘘つきなんだ」

横で牙を剝きながら唸る狼――レヴェントも口を開いた。

「待たせたな、ネヴァル。よく持ちこたえた」

「遅いですよ、兄上。待ちくたびれてあくびが出そうでした」

二人の声音と表情は、まるで背中を預ける戦友だ。

白銀の狼から視線で合図を受けたユスフは、うなずいて後宮妃たちを避難させる。

兵士たちの注意を自身に引きつけるため、獣姿のレヴェントは地響きのように吠えた。

「グァオオオオオッ」

その覇気はすさまじく、敵対していないユスフもびりびりと指先まで痺《しび》れるようだ。ネヴァルは腰の抜けた皇帝を担いでその場から避難する。

そこからのレヴェントの猛攻はすさまじかった。

三十人近い熊や鷲獣人に、獣姿で襲いかかる。ユスフとネヴァルは、後宮妃たちを背にこちらに向かってくる敵兵を防いだ。

その合間に、ネヴァルが声をかけてきた。

「騎士だったなんて聞いていないぞ」

事態の収拾を確信したのだろう、あきれたような笑みを浮かべている。

ユスフは熊獣人を速い動きで翻弄《ほんろう》し、脚を負傷させて拘束。縄で敵兵を縛りながら、謝罪する。

「申し訳ありません、おれもお二人の不仲までが演技だったとは思いませんでした」

「お互いの母から学んでいたからな」

皇后ギュナナが、かつてレヴェントの母と不仲を装って後宮の子細まで把握していたという逸話に思い至る。

内通者のあぶり出しは、放蕩皇太子を演じるレヴェントだけでなく、それに怒り不仲を装ったネヴァル皇子とで行っていたのだと知る。

すぐにレヴェントの遠吠えに気づいた宮廷兵が駆けつける。中庭を埋め尽くすほどの軍勢に、ペトゥルク共和国の急襲部隊はおとなしく降伏したのだった。

人の姿に戻り、とりあえず服を着たレヴェントがユスフのもとに駆け寄る。

同時にユスフも、ルウを抱っこしたまま彼の胸の中に飛び込んだ。

「レヴェントさま、レヴェントさま……ご無事でよかった、本当によかった！」

「私も戻ってくるまで生きた心地がしなかった、ああ、顔をよく見せてくれ。ルウ、ルウ、恐ろしかっただろう、もう大丈夫だ」

レヴェントはユスフとルウの顔を交互に撫でる。

必死に涙をこらえていたのか、ルウがわっと泣き出した。

すると、大人たちに囲まれて守られていた後宮の子どもたちも呼応して、わーっと一斉に泣き出したのだった。

「うわーっ、うわーっ、こわかった、こわかったちちうえ、はやくたすけにこんかーっ」

ルウが泣きじゃくってレヴェントをなじる。

レヴェントはルウを強く抱きしめ、その金髪に顔を埋めた。

「そうだな、そうだな。もう絶対に恐ろしい思いはさせない」

ユスフは月を見て気づいた。まだ月は満ちていないのに、どうして獣姿になれたのだろう。尋ねてみると、レヴェントが不思議そうに数刻前を振り返った。

「そなたから緊急の文が届き、トネル領をカヤに任せて急いで引き返す際、賊に襲われたのだ。そこで私の馬がけがをしてしまった。間に合わない、と思った瞬間、満月の夜と同じように血がたぎり、獣の姿になっていたのだ」

満月とは別の、言い伝えでしかなかった変化の条件――「群れの危機を本能が察知したとき」だったのではないか、とレヴェントは推察する。そのおかげで自身の脚で馬より早く戻り、後宮の外にいる兵士や騎士たちにも知らせることができたのだという。

ネヴァルが「取り込み中申し訳ありませんが」と抱き合う三人に歩み寄る。

「情報漏洩の犯人を捜し、この後宮に敵兵を引き込んだ罪も含め裁かねばなりません」

そのときだった。

「あっ、なんだこの紙！」

ナージーが叫んだ。拘束された敵指揮官マリウの胸元から、紙の束を取り出したのだ。

その紙には、皇帝が後宮に姿を現す日や、第二皇子が兄に決別を宣言したこと、皇太子と第三皇子が反乱軍制圧に向かうことやその軍勢、後宮の見取り図、急襲決行日には衛兵の動きを遅効性の薬が奪うこと――などが記されていた。

「やはり、後宮の誰かが内通していたのだな」

ネヴァルは後宮妃を部屋に戻さず、そのまま広間にとどめるよう騎士たちに指示し、その手紙の束をぐしゃっと握りつぶした。

その紙を見たユスフは、ヒュッと息を詰まらせた。

薄紅色の繊維をあえて混ぜ、花びらが舞うように仕上げた、東国の珍しい紙――。

先日、皇帝の第一側室ラーレからもらった、あの紙だったのだ。

どく、どく、どく……と心臓が重く跳ねる。

振り返ってラーレを見ると、ラーレもなぜか青ざめた表情でユスフを見ていた。そしてゆっくり歩み寄り、泣きながら肩を摑まれたのだ。

「ユスフさま……あなた、あなた、なんてことを！」

「えっ」

あっけにとられて言葉を失っていると、聞かれてもいないのにラーレが説明を始める。

「その紙は、わたくしが東国から取り寄せた特別な紙で、ユスフさまが後宮に入られたときに差し上げたものなのです……！」

「えっ？」

ユスフが理解できずにうろたえていると、ナージーが「ユスフの部屋にありましたよ！」と何かの箱を持ってきた。それは、ラーレからもらった紙がたくさん入っている文《ふ》箱《ばこ》だった。

そこでようやく気づく。

（はめられた）

ユスフは慌てて振り向き、レヴェントを見上げる。

「レヴェントさま違うんです、これは――」

そのレヴェントの手には、彼が出兵してからユスフが送った二通の手紙が握られていた。

そう、ラーレからもらった紙にしたためたものだ。

状況証拠が真っ黒だ。すでに後宮妃たちから軽蔑されていたユスフが、ここで弁明して誰が信じてくれるだろうか。

何かを言わなければ、とユスフが口を開こうとしたが、レヴェントに遮られた。

「分かっている、ユスフが犯人でないことは私が分かっている」

優しいまなざしが降り注ぐ。

「これまで孤立しながらも、よく頑張ってきたな。さすが我が妃だ」

そう言って、レヴェントがユスフの頭を撫でる。

「レヴェントさま……」

ある女性の声が、広間に響いた。

「ユ、ユスフさまがそんなことするわけありません、命がけで……わたくしを……わたくしたちを守ってくださったのですよ！」

最初に殺害されそうになった、あの赤毛の妃だった。追うように他の妃たちも同調する。

「そうです、必死に戦ってくださいました」

「何かの間違いですわ！」

しかし、ナージーが反論する。

「大体夜なのに服を着ていたこともおかしいし、ユスフの無実を証明する証拠がないじゃないか。みなさん、あの戦闘している演技に騙されたんですか？　僕は騙されませんよ、戦っているふりをしていただけだ」

ラーレもはらはらと涙を流した。

「善意で差し上げたものを、このような形で利用されるとは……なんてことでしょう」

レヴェントはすう、と息を吸って真顔で言い放った。

「静まれ」

さほど大きな声ではないのに、覇気のある一言だった。誰もが口をつぐみ、驚くほどの静寂に後宮が包まれる。

そして、証拠はある、と手にしていたユスフの手紙を開いて見せた。

ラーレが「筆跡を変えるくらい誰だってできますわ」と抗弁するが、それをかき消すように、一読したネヴァルが叫んだ。

「なんだこれは！」

レヴェントが、ラーレやナージーにも読むよう手渡した。

『レヴェントさまえ。今日のご出発は、ギュナナさまがたと見送ったでさ。ルウは「しっぽがほしい」て言うておりますだ。それと……やはりレヴェントさまがいらさらない夜は、ざみじいだね。早く帰ってきてくださりぇ』

『突然ごめんだす、動きのナージーがあやしいでさ。どうしたらいいですね？　今夜なにか起こるんじゃないかとおもて、心配で眠れますん』

ネヴァルがユスフをにらんで震えている。

「そ、そ、そなた、なんだこの文法は！」

やはりどこか間違っていましたか、と尋ねると「全部だ！」と怒られた。

レヴェントは「この味のある文体が私は好きなのだ」とくすくすと笑いながら、先ほど指揮官から取り上げた機密文書を広げる。まともな文法だった。

「なあ？　完全に別人だろう？」

ネヴァルはうなずく。

「内容は許せんが、これが正しい言語だ」

ユスフの崩れた文法の手紙を見たナージーが、容疑をかけられまいと妙な文法で書いたのだろうと反論すると、レヴェントはさらに別の筆跡の手紙を出したのだ。

『皇太子殿下え。兄をはやく帰してくださりぇ。任務の終わってなくてもだ、顔を見ないと安心できますん。お願いでさ。孤児院の子どもたちからの手紙も一緒に同封しますだ』

『ユスフ兄ちゃんに会いたいでさ』『ユスフ兄ちゃんをぼくたちに返せくださりぇ』

ユスフには分からないが、ネヴァルたちは納得したようだ。

「ひどい……ひどいが、全く同じ誤り方だ、なんだこれは……もしや私の知らぬ方言か……？」

「これは、ユスフの妹と、二人が育った孤児院から送られてきた嘆願書だ。この孤児院で読み書きを教えている者が、そもそも誤った文法を身につけているため、ここを出身とする者は全員この独特の文章のようだ」

つまり、とレヴェントは咳払《せきばら》いをする。

「ユスフは内通者としてはめられたのだ。さて誰にだろう。簡単な問題だ。ユスフの前に紙を持っていた者と、今ユスフを犯人に仕立てようと騒いでいる者だ」

全員の視線が、ラーレとナージーに向く。

ラーレは泣き叫んだ。

「……ぬ、濡れ衣ですわ！　私のほうこそユスフさまにはめられたのです」

「そうです、僕だって……だってルウの父親だと認めてくださいましたよね、殿下！」

ナージーの弁明にレヴェントは何かを思い出したようで「ああ」と笑顔でうなずく。

「木彫りのあれか」

ナージーは希望を見いだしたように、レヴェントにすがった。

「そうです、ルウさまが拾われたときに持っていた木彫りの犬。あれは僕が作った――」

言い終える前に、レヴェントがナージーに顔を近づけて、最上級の笑みを見せた。そのまぶしさに目が眩みそうになるほどの。

「あれはな、馬だ」

うま。

ナージーもラーレも、そしてユスフもルウも理解できないでいる。

「ルウを拾ったとき、この子があまりに泣くので、私がそのへんに落ちていた木を彫って握らせたのだ。軍馬のつもりでな。なのに誰も彼も犬だ犬だと……失敬な」

レヴェントが口を尖らせた。

ユスフが慌てて事実を確認する。

「で、でもおれにも、拾ったときに持っていたとおっしゃってたじゃないですか」

「あれは、そなたが『不格好な犬』と言ったから、恥ずかしくてその場しのぎの嘘をついたのだ！」

確かに、そのいきさつを聞いた際、ユスフはこう言ったのを覚えている。

『いろんなおもちゃを持っているのに、この不格好な犬がいいみたいなんです』

さらには、木彫りの犬――もとい馬に「鞍だ」と、レヴェントが赤い布を縛りつけていたこともあった。ユスフは、えええええと声を上げた。

「だから言ったろう？　私は嘘つきなんだ。そのおかげで皇帝陛下のご予定や軍略を外部に漏らす人間をあぶり出すことができた」

　レヴェントは、ナージーとラーレに向き直る。

「私の嘘を真実と思い込んだユスフが、ラーレさまに話した。なぜかその嘘を父親の証拠かのようにひけらかしたのが、ラーレさまとは面識がないはずのナージー、そなただ」

「では、最初からナージーが偽物だと分かっていたのですね」

　するとネヴァルが教えてくれた。

「だからトネル領の反乱で兄上が出兵してからは、父上が後宮に渡る日は私も来ていたのだ。いざとなればお守りできるように。待機させた私の近衛兵まで薬入りの菓子をつまんでいたのは誤算だったがな。ユスフや後宮妃たちの抵抗がなければ危なかった……」

　さらには戦闘中にルウを預かっていた皇后ギュナナが、ナージーに追い打ちをかける。

「あなた、後宮が急襲されてから鎮圧まで、一度もルウを心配するどころか見てもいませんでしたね。父親を名乗るならそれくらいの演技なさい」

　ナージーとラーレが押し黙ったところで、レヴェントがまだ腰を抜かしている皇帝に声をかけた。

「父上、この二人、どうしますか。ご命令ください」

　たった数時間でどっと老け込んだイルハン二世は、うなだれてぼそりと言った。

「投獄せよ、裁きにかける……」

レヴェントが騎士団に拘束を命じる。

ラーレとナージーは、縄を巻かれながら互いの失策をなじり合っていた。

一人の騎士がユスフに近づいてきた。採用時に面談をしたことのあった騎士団長だった。

「殿下から『特別任務をさせている』とはうかがっていたが、まさか後宮にいたとは」

ユスフはルウを抱っこしたまま、膝をついて謝罪した。

「……はい、諸事情ありまして……何も報告できず申し訳ありません」

騎士団長は、いいんだとユスフを立たせた。そして肩にそっと手を置いた。

「よい働きだったそうだな、任務を終えたら復帰を待っている」

「は、はい！」

ぱっと顔を上げて、騎士団長と視線を合わせたのだった。

同時に、胸には刺すような痛みが走る。

――任務の終わりが、やってきたのだ。

ユスフと騎士団長のやり取りを眺めていたレヴェントが近づいてきた。心なしか表情が曇っている。

「レヴェントさま、これで放蕩皇太子役も終わりですね」

ユスフは立ち上がって、ルウをレヴェントに抱かせる。

「ああ、ユスフのおかげだ。今夜は祝杯を挙げよう」

笑顔に戻り、尻尾をぱたぱたと振ったレヴェントはこう言った。

「出立前に話したいことがあると伝えたのを覚えているか？　実は――」

「レヴェントさま」

皇太子の言葉を遮るなど不敬にもほどがあるとイーキンがいたら怒られただろうが、その先を言わせてはならない、とユスフは決めていた。

「これでおれの任務は終わりです、お暇《いとま》いたしたく存じます」

揺れていた銀色の尻尾が、ぴたりと止まった。

【7】選んだ道こそ最善

翌朝、ユスフは後宮の自室で荷物を詰めていた。

後ろで侍女たちがさめざめと泣いている。

「ユスフさま、本当に行ってしまわれるのですか」

「ああ、騙してて本当にごめんね。騎士団に戻るよ」

「だって、だって、レヴェントさまは……いえ、お二人は本当は……！」

ユスフは立ち上がって、侍女たちの手を握った。

「だめだよ、そのことはレヴェントさまのためにも絶対に口外しないでくれ。おれは内通者をあぶり出すための任務で側室のふりをしていた……それだけだ」

ラーレやナージー、そして帝国内の数人の高官を内通者として捕縛し、レヴェントの〝放蕩皇太子ごっこ〟は終わった。

ラーレたちの供述から明るみに出たのは、戦を長引かせたい者たちの陰謀だった。

武器商人から賄賂《わいろ》を受けるオスマネク高官と、ペトゥルク内の強硬派の利害が一致。ペトゥルクの遠縁であるラーレが皇帝の軍略を漏洩し、オスマネクの圧勝を阻んでいたのだ。

ペトゥルクの強硬派が後宮襲撃に至ったのは、両国で停戦協議の兆しがあったからだ。襲撃すれば、失敗したとしても停戦は遠のく。そこでラーレの情報をもとに、襲撃の手引き役としてルウの父親なる人物を仕立て上げたのだ。

ナージーが後宮に入りやすいように、ラーレは好色な皇帝に「人間男性の側室がすごくいいらしい」と吹き込んだ。後宮に無事侵入したナージーは計画通り、バクラヴァの油に混ぜた遅効性の薬で衛兵を眠らせ、急襲部隊を引き入れたのだ。

賢いラーレは、その計画が失敗した場合の準備もしていた。情報漏洩の手紙に特別な紙を使用し、ユスフに罪を着せようと――。

すべて解決し、レヴェントの放蕩ぶりも、ネヴァルとの不仲も、すべて内通者たちの謀略を解き明かすためだったと知った宮殿や後宮の者たちは一斉に安堵《あんど》した。

唯一、力なく過ごしているのが、脇《わき》の甘さを露呈した皇帝イルハン二世だった。

ラーレの口添えがあったにせよ、ナージーを後宮に引き入れ危機を招いてしまった皇帝は、レヴェントとネヴァルに「これを機に好色はほどほどにしてください」と説諭される始末で、周囲からの支持もなくしてしまった。

しかし臣下や妃たちは悲観していなかった。

国のために己の評価さえ犠牲にした、美しく才知あるレヴェント皇太子。その右腕となった、知略家ネヴァル第二皇子。さらに軍事を取り仕切るために猛勉強中の人格者、カヤ第三皇子――。

この三兄弟が、オスマネク帝国をさらに発展させてくれる予感があるからだ。

ユスフも、そう確信し、昨夜《ゆうべ》もレヴェントにそう伝えた。

『レヴェントさまが、この国をもっと素晴らしいものにしてくださると信じています』

レヴェントは真剣な表情で、本音を漏らした。

『それをそばで、見届けてはくれないのか』

ユスフは微笑むしかなかった。

『騎士として、見守らせていただきたいと思っています』

『そうではない、そなたの気持ちを――』

ユスフは遮って首を振った。

『お妃は一人だけとお決めになっているレヴェントさまには、次に果たさなければならない責務がおありです』

レヴェントがはっと顔色を変えたことで、ユスフの意図が伝わったのだと分かる。

国のために自身を犠牲にしてきたレヴェントの、責任感の強さは推し量って余りある。

帝国の安定のために、そして皇位争いを起こさないためにも、次期皇帝の嫡子が必要となる。それを自分が邪魔してはならない――。

『後宮の奥であなたの帰りを祈りながら待つのは苦しいものでした。おれは騎士です、いつだってあなたをお守りしたい。おれの願い……叶えてくださいますか』

レヴェントは何かを言いたげに口を開いたが、沈黙した。そして、再び口を開いたときには、決断していた。

『ああ、叶えよう。妃の最後のおねだりだ』

状況が分からずにレヴェントとユスフの顔を交互に見ていたルウに、事情を説明してお別れだと告げる。

すると、ぶうーっと頬が膨れて、顔が真っ赤になった。

『いや、おわかれしない』

その頬を撫でる。こんなふうに触れるのは、きっと今日が最後だ。明日からは立場が変わって触れることなど許されなくなるのだから。

『ルウ、大好きだ……大好きだよ。ルウが幸せにすくすくと育つように、おれ、ルウを守るために頑張るから』

『だめじゃ』

『ごめんよ、大好きだよ』

涙をいっぱいにためたルウの瞳は、湖に沈んだ宝石のアメジストのようだ。

『なぜじゃ、だめじゃ、ぼくのことだいすきならだめじゃ』

『ごめんな、帝国一の幸せがルウに降り注ぎますように』

頬を滝のように流れ始めたルウの涙が、ユスフの手にぼたりぼたりと落ちる。

『愛してるよ』

この言葉を、誰に向けて放ったのかは分からないが、思わず口走る。その瞬間、レヴェントに抱き寄せられた。

『今夜はまだ、家族でいよう。三人で星を見ながら寝よう……そして明日からは、それぞれの道を歩むんだ』

ユスフも感情が決壊し、ぼろぼろと泣いてしまった。

別れと門出の儀式のように、三人でぎゅうぎゅうと抱き合った。


（親のいないおれに、家族を教えてくれたこのぬくもりを決して忘れない）

昨夜のことを思い出し、ユスフはぐっと唇を噛んだ。

ルウは皇后ギュナナが育ててくれることになった。「孫一人くらい、なんてことありません」と頼もしく引き受けてくれた。

目が覚めると、レヴェントはもういなくなっていた。

「餞別《せんべつ》だ」という書き置きとともに、大量のお菓子が袋に詰められていた。きっと孤児院のお土産《みやげ》として用意してくれたのだろう。

朝早くに目を泣きはらしたルウをギュナナの部屋に連れていき、ユスフは深々と頭を下げてこれまでの礼とこれからの予定を告げた。しばらく休んだら騎士団に復帰することになっているので、妹に少し顔を見せたら、休みの間は旅に出てみるつもりだ、と。

ギュナナは大きくうなずいたあと、ユスフの葛藤や決断を推し量ったかのように、こう言ったのだった。

『自分の意志で選んだ道が、最善の道です』

ルウの頬を撫でて、ギュナナの部屋を出る。

『ユスフ』

ルウの声が呼び止めるが、ぎゅっと目を閉じて振り返らずに退室したのだった。

ユスフは侍女たちに別れを告げ、後宮の出口へとたどり着いたが、呆《ほう》けてしまった。

妃たちがなぜか出口にぎっしりと絨毯を敷き、お茶会をしているのだ。

「あら、ユスフさま、ごきげんよう」

「わたくしたち、日当たりのいいここが気に入って今日は一日中お茶会ですの」

「昨日のショックも大きいから、みんなでおしゃべりして励まし合わないと！」

きゃっきゃと楽しそうに茶をすする。

その絨毯を横切るわけにはいかず、どうやって出ようかと考えあぐねたが、仕方なくユスフは荷物を抱えて木によじ登り、高い塀の上に乗った。

「あっ、そんなところから！　はしたないわ！」

「お待ちなさい、説教よ！」

塀の下で、妃たちがプンプン怒っている。ユスフは笑いながら「お世話になりました」と挨拶をして、後宮の外に出た。

北の方角を見る。行きは花嫁の格好で輿に乗ってやってきたが、帰りは軽装だ。ユスフの足なら、おそらく昼過ぎには自宅に帰ることができるだろう。

歩き出したところで呼び止められた。振り返ると、第二皇子のネヴァルが、馬を引いた臣下とともに立っていた。

「行くのだな」

「ええ、お世話になりました。口答えなどしたご無礼、どうぞお許しください」

ユスフは膝をついて挨拶をする。

「気にするな。歩いて帰るのは大変だろう、この馬を使うといい。ちょうど臣下に下賜するところだったのだ」

そう言って手綱をユスフに渡す。

「いいのですか？　ありがとうございます！」

「私から下賜された馬だ。捨てずに大切に連れ帰るのだぞ」

「はい！」

ネヴァルは優しい笑みを浮かべると、臣下を連れて宮殿へと歩いていった。

「ありがたいな、よろしくな。じゃあさっそく……」

乗ろうとしてぎょっとした。

痩《や》せ細った年老いた馬なのだ。乗るとそのままぺしゃりとつぶれてしまいそうだ。

「君、大丈夫なの……」

ユスフと視線の合った馬は「無理」とでも言うようにうなだれた。

仕方なく、荷物だけを馬に乗せて、ユスフが徒歩で手綱を引いた。

それでも馬はゼイゼイと息を切らすので、ゆっくりとしか歩くことができない。

「これじゃあ、到着は夕方かな……一人で帰ったほうがマシだよ」

そう言いつつも、せっかく皇子から下賜された馬なのだ。ここで捨てていくわけにはいかず、と年寄りに歩調を合わせるのだった。

とはいえ、ゆっくりと歩くのもよかった。

長いようであっという間だったこれまでの思い出を、ひとつひとつすくっては嚙みしめることができたからだ。

（大変だったけど、幸せだったな）

レヴェントとの閨のことも思い出し、百面相もした。そういえば疑似的な交接はあったものの〝本当の交接〟というものはしなかったのだな、と思い返す。何度も何度も、レヴェントの口で絶頂させられるばかりで――。

(それでよかったのかもしれない)

そうしてユスフは、目頭が熱くなる自分に言い聞かせた。

あの日々は、夢だったのだと。

見上げた空と白い雲が、じわりとぼやけた。


自宅に馬をつなぎ、妹の嫁ぎ先――イブラヒム宅へ向かおうとした瞬間、留守のはずの自宅の扉が開き、妹ミネが飛び出してきた。

「お兄ちゃん!」

「ミネ!」

妹は、ユスフに抱きついて、わあわあと子どものように泣いた。ごめんなさいごめんなさいと何度も謝りながら。

「おれのほうこそ、無茶なことしてごめん。でも会えて嬉しいよ、ここを出るときはもう……ミネには二度と会えないと思っていたから」

しがみついて見上げてくるミネは、最後に見たときより痩せていた。

「昨日、お兄ちゃんが帰るって手紙を届けてくれたでしょう。急いでごちそうの準備したんだよ」

指で目尻の涙を拭いながらミネは自慢げに報告する。二十歳《はたち》なのだが、ユスフにとってはまだ小さくてかわいい妹なのだ。

ユスフは礼を言って、明日朝にはしばらく旅に出ることを伝えた。

騎士団からは休みをもらったが、自分の腕が未熟なまま遊びほうけているわけにはいかない。一ヶ月ほど、剣の達人を訪ね歩こうと思っていたのだ。

ミネは驚いていたが、ユスフの決意に賛成してくれた。「じゃあ今夜は徹夜でこれまで起きたことを話してもらわなきゃね」といたずらっぽく笑った。

ユスフが家の裏に回って、馬に飼料と水をやっていると、馬蹄《ばてい》の音とともに、通りに出ていたミネの歓声が聞こえた。

「えっ、えっ、あなたは……！」

なんだろう、と立ち上がったところで、ミネが騒いで知らせに来た。

「お兄ちゃん、騎士団の方がいらっしゃったわ！」

「騎士団？」

誰かが使いでも寄越したのだろうか。早く復帰してくれ、ということならそれも大歓迎だった。騎士団の中で鍛えてもらえるのだから。

ユスフが「わざわざすみません」と愛想笑いで表に出た瞬間、聞き覚えのある、そして偉そうな幼い声が日々いた。

「ユスフをださんかーっ！」

水桶《みずおけ》をゴトリと落とす。

「あ……」

そこには軍馬に乗ったレヴェントと、その背にぴったりとくっついたルウがいたからだ。

「美意識が許さない」とレヴェントが断固拒否していた抱っこ紐で。

「ユスフ！　ああ、間に合ったか！」

休まずに馬の駆足《かけあし》で来たのか、レヴェントは汗だくで、本当に皇族なのかと疑ってしまうほど土埃《つちぼこり》で汚れていた。もちろんルウも。

ユスフが硬直していると、後ろからミネが顔を出してにこにこと歓迎した。

「騎士さま、兄にご用があって来たんですよね。中でお茶でもどうぞ！」

レヴェントを騎士だと思ってなれなれしい口調で話しかけるミネに、ユスフは言った。

「何言ってるんだミネ、口を慎んで！　騎士じゃないよ、この方は……」

「お兄ちゃんこそ何言ってるの。騎士さまじゃない、私たちを水辺で助けてくれた。すごい十年ぶりかしら、会えて嬉しいです！」

水辺で助けてくれた騎士――？

十四歳のとき、遊びに出かけた森の水辺で助けてくれた騎士のことだ。

ローブのフードを目深に被《かぶ》っていたので、その顔や姿をユスフは知らないが、その後、水辺で再会したミネは顔を見ていたのだ。「役者みたいだった」と騒いでいたのを覚えている。

しかし、助けてもらった際、ユスフの騎士かという問いに、彼は皇太子とは答えずにこう言ったはずだ。

『……騎士？　ああ、そうだな』

そして、自分も騎士になれるか、という質問にも。

『騎士になればまた会う機会もあるだろう、待っている』

ユスフは馬上のレヴェントを見上げる。

一瞬「ぐ」という顔をしたレヴェントだが、悪びれることなくルウとともに馬を下りる。

「だから、私は嘘つきだと言ったろう」

「それは放蕩皇太子のふりをしていることだけだと……」

「とっさに嘘をついてしまうのは、昔からなんだ」

花嫁姿でやってきたとき、レヴェントはすでにユスフの匂いで〝あのときの少年〟だと分かったのだという。

「ど、どうして最初に言ってくださらないんですか！」

「騎士と言ってしまった手前、言い出せずに……だから出兵から戻ったら話したいことがあると言っただろう。そのことを伝えたかったんだ」

　ユスフは両手を頬に当てて震えていた。

　まさか、騎士になる夢をくれた相手に、自分は恋をしていたのかと――。

　レヴェントとユスフの会話に、ミネが「こうたいし？」と首をひねっている。そんな彼女に、レヴェントが言った。

「孤児院の子どもたちとともに手紙をくれたこと、感謝する。おかげで大きな問題を解決することができた」

　皇太子宛に「お兄ちゃんを返してくださりぇ」などと記した嘆願書のことだと気づいたミネは、その場で腰を抜かした。

「き、騎士さまじゃなくて、皇太子殿下……？　一体どうなってるの……？」

　ユスフは驚いているミネを立たせて、レヴェントをとがめた。

「しかし、なんて危険なことを。こんな人間の下町に単騎で、しかもルウまで……」

　レヴェントは「実は」と言って、日中に起きた出来事を教えてくれた。

＋＋＋＋

　別れの朝、寝ているユスフとルウを置いて宮殿に戻ったレヴェントは、今回の事件の後始末に追われた。

ネヴァル第三皇子と忠臣イーキン以外は、レヴェントの放蕩ぶりが演技だとは知らなかったため、その的確な采配《さいはい》を目の当たりにし、涙目になる者もいた。

レヴェントは、ひとつ政務が終わるごとに後宮に戻りたい衝動に駆られていた。後宮を去るユスフを、やはり無理にでも引き留めたい——と。

しかし、理性がそれを止める。

騎士団長に復帰を期待された際の、瞳をきらきらと輝かせたユフスの表情が忘れられない。それこそが本人の望みなのだ。自分のわがままで後宮に押しとどめることはできなかった。

大切だからこそ、手放す——。

なんでも意のままにできるレヴェントの、最大の愛情表現のつもりだった。

日も頭上にさしかかったころ、宮殿の奥が騒がしくなる。

聞くと、衛兵が慌てて膝をついた。

「後宮から……後宮から……お妃さまがたが押し寄せております！」

後宮妃は後宮と宮殿をつなぐ白い橋を渡ってはならない、という掟《おきて》がある。

規範意識の高い母——皇后ギュナナがそんなことを許すはずがない、と笑っていると、衛兵が半泣きで報告する。

「その皇后陛下が先頭になって橋をお渡りになったのです！」

直後「おどきなさい！」という女性の声とともに、政務室の扉が開く。

そこには、ルウを抱っこ紐で抱えた皇后ギュナナが立っていた。

「母上！　一体何事ですか、宮殿には妃は――」

「おだまりなさい！」

ギュナナは一喝した。抱っこされていたルウも凜々《りり》しい表情で「そうじゃ」と同調する。

「数刻前にユスフが出立しました。妃たちで足止めしようとしましたが、さほど時間稼ぎにはならなかったようです」

レヴェントは胸の痛みに耐えながら、目をそらした。

「そうですか、わざわざ掟を破ってまで知らせにいらっしゃらなくても」

「私がそんな無駄なことをするわけがないでしょう」

ギュナナは抱っこ紐を外して、ルウごとレヴェントに渡した。するとルウがきりっとした顔でこう言った。

「いくぞ、さっさとせんか」

二人が言わんとすることは分かっている。ユスフを追えということなのだ。

しかしレヴェントは首を振る。

「騎士団に戻るのが彼の望みなんだ……もう決まったこと」

するると、後ろからどやどやと他の後宮妃もなだれ込んできた。

「追ってくださいませ、殿下」

「ユスフさまが心からお好きなのでしょう、あんな匂いをさせておきながらしらばっくれてもだめですわよ」

「気づいていないのはユスフさまだけですわ。狼が愛《いと》しい人にしか擦りつけない香りも嗅ぎ分けることができないんですもの。その香りが日に日に濃くなるから、私たちは彼が本当の妃だと騙されたというのに」

自覚している以上に、妃たちにはユスフへの好意がばれていたと知り、目を瞠る。

そして、ギュナナが追い打ちをかける。

「一度群れに入れた者を守れぬのに、将来、皇帝として国を治められるとお思いですか。彼の望みと、彼との愛は、相反するものですか？」

ギュナナは扇子でバンッ、とレヴェントの政務机を叩いて鼓舞した。

「選びたい道を選ぶのです。自分の選んだ道こそ、最善です」

(自分の選んだ道こそ、最善)

レヴェントは立ち上がり、あれほど嫌がっていた抱っこ紐を着用する。ルウがまるで自分の席とでも言わんばかりに、その背に潜り込んできた。

「馬を用意しろ！」

その一言に、後宮妃たちから「キャーッ」と歓声が上がる。

ユスフは自宅に戻ったらすぐ旅に出るつもりだ、とギュナナが教えてくれた。

(急がなければ)

宮殿の前に準備された馬に飛び乗る。見覚えのある軍馬だった。手綱を渡してきたのは、ユスフ専用の配達兵だった。

「速い馬がご入り用かと思いまして」

戦場にユスフの手紙を届けてくれた際、彼に与えた軍馬だったのだ。

「では借りるぞ」

「ユスフさまとのお帰りをお待ちしてます!」

うなずいて鐙を蹴る直前、抱っこ紐で自分の背に張りついたルウを振り返る。

「とても速いが、耐えられるか?」

ルウは頰を赤く膨らませて、鼻息をフンフンと鳴らしながらうなずいた。

「ぼくは、ちちうえのこじゃ」

「頼もしい、さすが我が息子だ」

そう言って、ドンと鐙で馬の腹を蹴る。

宮殿の皇太子政務室から、妃たちが手や手巾を振って見送ってくれた。

＋＋＋＋

「間に合ってよかった、もう旅に出てしまっていたらどうしようかと」

ユフスと向き合ったレヴェントがはあ、と安堵のため息をつく。

その話を聞いたユスフは、ネヴァル皇子が自分に年老いた馬を下賜した理由がようやく分かった。あえて自宅への到着を遅らせるのが目的だったのだ。

あっけにとられていると、肩をがっしりと摑まれる。

「私は今日まで放蕩者でわがままな皇太子でいようと思う」

レヴェントが思い詰めたように顔を近づけるので、ユスフは訳も分からぬままうなずく。

「ユスフ、私のそばを、私とルウのそばを離れることは許さぬ」

それに同調するようにルウも復唱する。

「ゆるしゃむ」

ユスフはいつのまにか涙していた。

レヴェントの皇太子としての責務や、種族や身分違いなど、すべてなげうって、そう言われたかったのだと、ようやく分かる。

それでも断らなければならない、と首を振る。

「おれは騎士としてあなたをお守り――」

最後まで言えなかったのは、レヴェントがユスフの手の甲に口づけたからだった。

レヴェントは顔を上げた。

「そなたの思いも分かる、だから命ずる。私だけの騎士となれ」

レヴェントだけの騎士――その言葉に、ユスフの脳裏にぶわりと映像が広がる。政務や戦を仕切る彼の横で、半月刀を腰に下げた自分の姿を――。

そしてここからは心からの願いだが、と前置きした上で、レヴェントはふわりと笑みを浮かべた。帝国の国花、チューリップの蕾《つぼみ》がほころぶように。

「私の伴侶として、国の未来を一緒に見てくれないか」

――伴侶。

心臓が絞られたような音を立てた。

妃、と言わなかった。

「妃としてそなたを後宮に閉じ込めてしまえば、そなたが騎士の夢を諦めることになる。だからそなたが帰ると言ったとき止めなかった。だが、それは選択肢の設定自体を間違えていたのだ」

その言葉に、ユスフはレヴェントの想いの大きさを知る。

命じるだけで誰でもそばに置ける立場なのに、ユスフのことは〝逃がしてくれた〟のだ。

「間違いとは……」

ユスフの問いに、凛とした低い声で答えが返ってくる。

「何も諦めるな、すべてを選べばいい」

それができたら、どんなにいいか。ユスフはぐっと唇を噛む。

性別も、種族も、身分も違う。

レヴェントには跡取りが必要。

自分も騎士になる夢――しかも彼からもらった夢だと判明したばかりだ――を叶えたい。

壁だらけだ。

レヴェントの言うように、騎士として伴侶として、そばに居ることを選んでも、彼の立場を不利にすることばかりなのだ。

ユスフはレヴェントとルウから身体を離した。

「レヴェントさま、お願いです。帰ってください。おれはあなたに皇帝になっていただきたいんです。あなたが頂《いただき》に立った帝国はきっと素晴らしい発展を遂げるでしょう。おれなんかのために立場を危うくしてほしくないんです」

放った自分の言葉が胸に突き刺さる。

しかしレヴェントも食い下がった。

「私だってすべて諦めない。私たちの間にある壁は高いように見えるが、ぺらぺらに薄いものだ。突き破ればいい。逆風もないとは言わないが、それに耐えられないほど私たちは無能ではないはずだ。しかし一番重要なのは、それではない」

何が重要なのだ、とユスフが顔を上げる。

レヴェントがルウを振り返り「あれを」と声をかける。するとルウは握っていた一輪の野菊をユスフに差し出した。

レヴェントの瞳が、揺れていた。ユスフの腕を摑んだ指が、肌にぐっと食い込む。

「好きなんだ、ユスフ。数多《あまた》の嘘をついてきたがこれは真だ。ただただ、好きなんだよ」

偽りも飾り気もない、まっすぐで純粋な、一人の男としての告白だった。

ルウのふくふくとした小さな手から、野菊を受け取る。きっと道中、慌ててどこかで引っこ抜いたのだろう。

その想いを、騎士でもなく妃でもない、一人の男として受け取ると、じんわりと胸に染みて、頰から顎にかけて涙が伝った。

「そなたが横に居てくれたらどんな難題も解決できる。そして必ず、善き皇帝になってみせる。あとは、ユスフがどうしたいかなんだ」

そうやって、権利を与えるのだ。すべて自分の一存で決めることができるのに。

ユスフは、ゆっくりと口を開く。

「おれだって、レヴェントさまに対する気持ちは、性別も種族も身分も……何もかもとっぱらってしまったら、好きしか残りません」

野菊を受け取った手の甲に、ぼたぼたと涙が落ちる。

「レヴェントさまと、ルウと……一緒にいたいです……っ」

最後の「です」が掠れてしまうほど、勇気のいる告白だった。

その瞬間、ルウが叫んだ。

「よくできましたっ」

腕を引かれ、レヴェントの胸元に抱き込まれる。レヴェントの背から二人の胸元に移動したルウと、三人でぎゅうぎゅうと頬を合わせる。

（ああ、帰ってきた）

二人のぬくもりが、自分の居場所なのだと思い知った瞬間だった。

目の前で繰り広げられる皇太子による兄への求婚に、ミネはあんぐりと口を開けていた。詳しく説明するとミネに言い残して、ユスフはルウとレヴェントと後宮に戻った。

月が高く昇り、深夜になったにもかかわらず、後宮では妃たちが帰りを待っていて、ユスフを迎えてくれた。「遅い」だの「待ちくたびれた」だのと文句を言っている妃もいたが、みんな尻尾が勢いよく揺れていて、歓迎してくれているのが分かった。

今朝までユスフが使っていた部屋に入ると、侍女たちが出ていったままの状態で迎えてくれた。また別の妃が入れるよう、片づけなければならなかったはずなのに。

「女官長には片づけるように命じられていたんですけど、なんだか私たちできなくて……ユスフさまにお仕えした時間がなかったことになりそうで……」

侍女たちは目に涙をためて喜んでくれた。ユスフは感極まって三人を抱きしめると、一斉に「よかったあー」と泣き出した。

侍女たちを下がらせ、すでに眠っているルウを、子ども用の寝台にそっと寝かせる。その寝顔を指でなぞりながら、ユスフはまた涙がこぼれた。

愛しい、愛しい、そんな想いがあふれて液体になったような気がした。

「愛しくても涙が出るんですね」

ユスフの肩を抱くレヴェントが小声で「ああ」とうなずく。

「……どうして、戦場で見つけたルウを養子にしようと思ったのか聞いてもいいですか」

レヴェントが渋い顔をしたので「嘘はだめですよ」と先手を打つ。

「立太子まもないころに水辺で出会った、みなしごを思い出した。自身を犠牲にして互いを助けようとしていた、顔のよく似た人間のきょうだいだ」

親なしでどのように暮らしたのだろうか、野垂れ死んでいないだろうか、と気がかりだったという。あのとき手を差し伸べて、家や仕事を与えていれば――と。

そんな後悔はもうしたくないと、拾ったルウを連れて帰ったのだという。

ユスフは足が震えていた。

「そんな、おれたち……」

「そなたが花嫁姿でやってきたとき、孤児院ですくすくと育ったのだと知って安堵したんだ。不思議なものだな、運命とは」

レヴェントに助けられて騎士に憧《あこが》れたユスフ、ユスフたちとの出会いがルウを拾う動機となったレヴェント、そのルウの乳母を探して再び巡り会った二人――。

レヴェントはユスフをそっと横抱きにして、口づけをねだる。それに応えて唇を重ねると、尻尾がぱたぱたと揺れる音がした。

寝台に到着すると、レヴェントが覆い被さってくる。

「そなたは、あのころと瞳の輝きが全く変わっていなかった。そしてまたもや自身を犠牲にして妹を守ろうとしていた。だからルウの世話係と後宮に潜り込む任務を任せられると思ったのだ」

ユスフの目尻にたまった涙を、ぺろりと舐めた。銀色の髪がさらりと頬をくすぐる。

「こんなに溺《おぼ》れてしまうとは思いもしなかったが」

ユスフはレヴェントの首に自分の腕を回した。

「おれもです、放蕩のようで誠実、不真面目《ふまじめ》なようで堅実、ろくでなしのようで優しいレヴェントさまが、不思議で不思議で仕方がなくて、いつのまにかあなたのことで頭がいっぱいになって……」

先ほどの告白を、もう一度聞かせてほしいとレヴェントがねだった。

「えっ、どれですか」

「好きしか残らない、と」

あの言葉が相当嬉しかったようだ。

「……レヴェントさまが好きです……あなたのおそばにいさせてください。おれを今夜、本当の伴侶にしてくださいますか？」

「ああ、骨の髄まで愛すよ」

言い終わるのと同時に、唇が重なった。ぬるりと差し込まれた舌の感触もこれまで以上に生々しい。ゆっくりと舌を絡め合い、気持ちのつながりを確認した。

口づけをしながら、時間を惜しむようにカフタンやシャルワールを脱がし合い、ブラウスのボタンもひとつひとつ丁寧に外していく。

思えばこれまでの夜は「妃であることを疑われないため」という大義名分があった。

それが消えた今、魂まで素肌で触れ合っている気がして、ユスフの身体が急速に火照っていく。

褐色肌のたくましい身体に見惚れていると、ユスフはレヴェントに引き寄せられ、首筋をべろりと舐められる。

「……っ」

覚悟するんだ、とレヴェントは低い声でささやいた。

「かりそめの妃には手加減したが、伴侶となった今、私の重さを思い知ることになる」

レヴェントがユスフの耳朶《じだ》を舐りながら、大きな手で身体中をまさぐってくる。その指の動きはこれまでとは違い、激しくて本能に突き動かされているようだった。

「あっ……んっ」

耳の穴にくちゅ……と舌が滑り込むと、脳幹に響いて甘い痺れを起こす。そうしている間に、レヴェントの乾いた指がユスフの胸をもてあそび始めた。

「あ、だ、だめです、そこは……っ」

「だめ？　善いの間違いだろう？」

二本の指が胸のしこりをくりくりと優しく揉みつぶし、ときにキュッと力を入れて引っ張る。そのたびにユスフはあられもない声を漏らしてしまう。爪の先で軽く弾かれると、その振動だけで股間《こかん》がむくりと膨らんだ。

レヴェントの左手が、その膨張を下穿き越しに優しく揉み込む。

「ふ、あああっ」

「そなたの善いところ、気持ちがいいと感じること、すべて知り尽くしたい……」

そう言うと、下穿きをぐいと下げられて鈴口を指でくりくりといじられた。

「れ、レヴェントさま……」

ユスフは懇願するような声を漏らす。そして浮かんだ願望を口にした。

「あの、いつもしてくださってた……あれは……今夜はしてくださらないのですか……」

ユスフはそう言って、脚をもじもじと擦り合わせた。レヴェントが毎夜していた口淫のことだ。

「いやだだめだと言っていたくせに」

「気持ちよすぎておかしくなるし、粗相をしてしまいそうで嫌だったんです……でも今は……そうなっても許してくださるのかなって……」

「むしろユスフのそのような様子を見たくて愛撫しているというのに」

ぴちゃ、ぴちゃという淫猥《いんわい》な水音が寝室に響く。寝台で仰向けになったユスフの、脚の間にレヴェントが顔を埋め、その淡い色をした陰茎を一心に舐めしゃぶる。

「ああっ、す、すごい、お口が……レヴェントさまのお口が熱くて……」

脳のどこかに快楽のネジがついていて、レヴェントの舌や唇が蠢《うごめ》くたびに、それをキリキリと巻かれている気がする。限界まで巻かれたあとの、解放された瞬間を想像し、ユスフの腰が期待でゆらゆらと揺れてしまう。

「ん……っ、レ、レヴェントさ、まっ?」

快感に溺れながら、ユスフは声を裏返した。レヴェントがユスフの陰茎を咥えたまま、双丘の狭間《はざま》に指を入れたのだ。しかも、潤滑油のようなもので指が抵抗なく沈み込む。

蕾を指の腹で撫でられると、腰が思わず逃げてしまう。

きっとこれが〝本当の交接〟をする場所なのだと本能で知る。

「あ、あ……」

同時に、レヴェントの口淫が激しくなり、また腰から力が抜けてしまう。蕩けていくさまをレヴェントがじっと見つめるので、視線でも愛撫されている気分だ。

後孔への異物感より、吐精への欲求が勝り、ユスフはすすり泣くように善がった。

「あ、あ、出て……出ちゃ……っ」

身体の中で快楽の糸が張り詰め、足の指がピンと伸びる。

温かい彼の口内に勢いよく精を吐き出した。

レヴェントがそれをすすり取るように唇で扱くと、その刺激で何度も甘いさざ波のような絶頂が追い打ちをかけた。

「は、あ、あ……」

達してしまって気づいたのは、レヴェントの指が後孔に複数本埋まっていたことだった。

「えっ」

ずるりと引き抜かれ、その圧迫感から解放されたことで、余計にそれまで埋まっていたものの太さを実感する。

レヴェントは身体を起こし、ユスフの脚の間に自分の身体を挟んだ。

そして下穿きを解くと、びくびくと脈打つ自身の雄をユスフの股に擦りつけた。

「以前は疑似的な交接だったが、本当はここに挿入したくてたまらなかった……これまではそのような体勢になったら、そなたを犯してしまいそうで恐ろしくて……」

一度だけ脚の間にこれを挟んで、疑似的な性交をした。それ以降、レヴェントがユスフのものを口で絶頂させるだけになった理由が、ようやく分かる。

「本能に身を委《ゆだ》ねてそなたを犯してしまえば嫌われる、と思うと……存外自分が臆病《おくびょう》なんだと知ったよ」

その凶暴なまでに張り詰めた先端が、柔らかくなったユスフの蕾にくちゅ……と触れる。

それだけでユスフは身体をびくりと震わせた。

「……恐ろしいか？」

ユスフは首を振る。

「これは、恐怖で震えてるんじゃないんです」

声まで震えた。恐怖ではなく、悦びによって。

あてがわれた雄にユスフはそっと手を添えた。

「骨の髄まで愛してくださるんですよね……はやく、ください……」

レヴェントは困ったような、そして泣きそうな笑顔でうなずく。

ゆっくりと押し進められた先端が、ユスフの後孔に挿入《はい》っていく。

「ああ……」

先に声が漏れたのはレヴェントだった。

「夢のようだ、ずっとこうしたかった……」

もともと皇太子を謀った罪人だ。欲望を我慢せずともよかったのに。その事実だけでも、ユスフは胸がきゅうきゅうと痛むようにときめく。

おそらく今だって、負担をかけないようにゆっくりと慣らしながら挿入している。ユスフだって種族は違えど、男なのだから分かる。本能のまま性欲をぶつけたい衝動が。

(おれを、壊れもののように扱ってくださる)

大切にされている実感に、目頭が熱くなった。

覆い被さるレヴェントの銀髪が、ユスフの顔を囲み垂れ幕のように影を作る。周りの情報が遮断され、世界に二人だけの空間ができた。

その髪の先端をぎゅっと握って、言った。

「おれは壊れませんし、どんなことがあってもレヴェントさまを嫌うことなんてあり得ません。怖がらないでください」

レヴェントの身体が一瞬こわばる。一方でユスフはゆっくりと息を吐いて、腰から下の力を抜いた。それ以上の言葉は、無用となる。

ズッ……とレヴェントの腰が揺れると、ユスフの身体も敷布とともに上下する。

「……っ、あ」

思わず漏らす声にも、レヴェントの男根は反応し中でびくりと弾む。

抜き差しが徐々に深くなるほどに、先端の張りを生々しく感じ、自分の体内にレヴェントが入っているという安堵感を得た。

あるところが、内壁の一部をぐりっと抉った瞬間、ユスフの快楽が堰を切ったようにあふれ出す。

「あ、あああっ！」

レヴェントが切ない表情でそこを何度も突き上げる。そのたびにユスフが背が反るほど善がるので、表情とは裏腹に尻尾がパタパタと揺れている。

「ああっ、そこ、どうして……っ、んんっ」

「またひとつ、ユスフを知れた。まだ見たい、私の知らないユスフをすべて知りたい」

そう言うと、レヴェントはユスフの身体を傾け、自分に近いほうの左脚を肩に抱えた。

脚が開いたことでさらに深く挿入され、先ほど抉られた快感の核のような場所が、今度はエラの張った亀頭と側面に浮く血管の凹凸にぐりぐりと容赦なく刺激される。

「ひっ、ん、ああぁっ、そこ、強くしたら……あ、あ……っ」

「どうなる、もっといい顔が見られるのか？」

いじわるです、とユスフがすすり泣く。その涙を舐め取ったレヴェントは、さらに雄をびきびきと硬くし、また腰を振った。

身体を起こされて、膝に向かい合うように座ると、ごちゅっという音を立てて、楔《くさび》がさらに深く深く埋め込まれた。

「あ、あ、あ、そんな……奥……っ」

はくはくと口を開閉するだけで精一杯になる。レヴェントがユスフを腕ごと抱きしめて、うわごとのように言った。

「ああ、全部迎え入れてくれたな……気持ちがよくて血がざわざわする」

好きな人の一部が、今自分の体内にあるのだ。そう実感するとユスフも圧迫感を忘れて感極まる。

「嬉しい……つながれて、ひとつになれて」

目尻の涙を拭って、レヴェントが「苦しくないか」とのぞき込んでくる。

首を振って、ユスフはゆっくり腰を前後させた。レヴェントのカリ首で、快感の核に触れられたいのだ。しかし、自分がへろへろと腰を動かすだけでは、やはり先ほどのように快楽が押し寄せない。

ユスフは気持ちのいい場所を、腹側から指でトンと差した。

「……おれ……あの、もっと、ここにほしいんです……遠慮なく、レヴェントさまの思うままに貫いてほしいんです」

これまで、人に何かをねだることもなかった。最近ねだるように命じられて、ようやく要求できたのは『妹へ手紙を書く』ことだった。

そんな自分が、これほど欲しがりだったとは——。

自分だけの親が欲しい、満足な教育が欲しい、蔑まれない環境が欲しい——幼いころ、欲しいものはいつだって叶えられないものだった。それを口にすれば孤児院の保育婦が困ってしまうことも分かっていて、いつしか口にしなくなった。

レヴェントとルウのことも、願ってはいけないはずだった。だから何重にも蓋をして後宮を出たのに、願いが自分からやってきてくれた。

（こんなに幸せなことはない……！）

身体を揺さぶられながら、ユスフはレヴェントの顔を見た。

視線が合うと、苦しげにしていたレヴェントがふと優しく微笑んだ。

きゅっと腹が切なく収縮し、締めつけられたレヴェントが、仕返しのように突き上げた。

ユスフが最も善がる内壁の要所に、刺激が容赦なく与えられ、器に注がれた蜜があふれ出るかのように、ユスフの体内を甘く駆け巡る。

「あ……っ、え……っ、来る……なにか来る……っ、あああああっ」

得体の知れない波が押し寄せ、狂喜にも似た絶頂に襲われる。

はっきりと達した感覚があったのに、射精をしていなかった。身体が突然の硬直から解き放たれ、その愉悦が全身に広がっていくようだった。

「ん……んぅ……」

口が半開きになって、脚の指までぐっと開く。

数秒してレヴェントがぎゅっと目を閉じる。精を解放しようとしているのだ。

その瞬間、なぜか後孔の入り口に圧迫感を覚えた。レヴェントの陰茎の根元が突然膨張し、蕾に栓をしたのだ。

「えっ」

直後、内壁に熱い飛沫《ひまつ》がどくどくと注がれるのが分かった。その熱さにまたユスフは断続的な絶頂に襲われた。

「あっ、ん……！　こ、これは……っ」

「すまない、狼獣人は……こうなるんだ……っ」

まだ中へ子種を吐き続けるレヴェントは、蕩けた表情でユスフに口づけをし、こう言った。

「自分だけの番を確実に孕ませて、逃がさないために……」

その金色の瞳にユスフがくっきりと映っていた。

「おれはもうずっと、レヴェントさまに、とらわれて……んっ、います……っ」

レヴェントの大量の体液を受けながら、ユスフは何度も何度も達した。

それでもまだ、欲しい、が収まらず、空が白むまでむさぼり合った。

＋＋＋

ペトゥルク共和国からやってきた熊獣人の使者が、謁見の間でひざまずいた。

「我が国の軍部が暴走し、半年前に後宮であのような悲劇を起こしたにもかかわらず、国交を築いてくださったこと、心よりお礼申し上げます」

その視線の先には、オスマネク帝国皇太子レヴェントが座っていた。

「内乱を持ちかけたのは、こちらの高官と後宮妃だったのは調べがついている。そう気に病まず、国境周辺の治安維持に協力してほしい」

使者は礼を言って頭を下げ、すっと懐に手を入れた。

レヴェントの横に立っていたユスフが、腰の半月刀に手をかけた。皇太子の護衛が騎士としてのユスフの仕事だからだ。

しかし、それをレヴェントが制した。

使者が懐から出したのは、書簡だった。

「こちら、殿下がご要望だったものの目録でございます」

イーキンが受け取って、レヴェントに手渡すと「待っていたんだ」とそれを開く。

そこには、こんな項目が並んでいた。
一、五歳から十四歳までの発達に応じた基礎教育指南書
一、基礎教育に必要な教材見本
一、現場に赴任できる教育者
一、教育者を指導する養成官
ユスフは目を見開いた。

ペトゥルク共和国が小国ながら列強に負けない理由は、すべての子どもに教育を受けさせ、才能ある者を開花させているからだった。

そこに目をつけたレヴェントは、その教育の方法や人材を取り入れたいと考えたのだ。

「きょ、教育所をお作りになるのですか」

「ああ、各郡に一つずつ作りたい」

「各郡って、全部で三百以上ありま――あれ？」

言いかけて、このやり取りをどこかで聞き知っているような気がした。

すると、そばに控えていたネヴァル皇子が「なんともはや、奇遇だなあ」とわざとらしく肩をすくめた。

「賭博場にしようと用意した土地がちょうどありますね、兄上。まもなく建物も完成です」

「おお、なんという巡り合わせ！」

二人の芝居がかったやり取りに、ユスフは瞠目した。

「まさか……最初から……」

賭博場を作ろうと国家予算をかけていた事業は、放蕩皇太子を演出するためのものだけでなく、子どもの学びの場を作るためだったのだ。

レヴェントは懐から手紙を取り出す。間違いだらけの文法で綴《つづ》られた、ユスフからのものだ。

「そなたのおかげだ。この手紙は好きだが、貧富にかかわらず教育が受けられたほうがいいだろう？」

「おかげいだっ」

突然、レヴェントの股の間から、長いカフタンの裾をめくってルウがばあっ顔を出す。

「ルウ！　また父上の服の中に隠れていたのか！」

ユスフが慌てて捕まえようとするが、四歳になりすばしっこくなったルウは、それをひょいと避けると、木彫りの犬——もとい馬を手に謁見の間を駆け回った。

「ぼくはていこくいちのわんわんになるーっ」

「も、申し訳ありません……！　こ、こらルウ、後宮に帰るぞ！」

ユスフは使者にわびて、慌ててルウを追いかける。

護衛である騎士が、皇太子の息子を呼び捨てにして追いかける様子に、ペトゥルク共和国の使者が混乱している。

レヴェントが高笑いした。

「紹介が遅れたな。私の跡取りとなるルウと、私専属の騎士で正室の、ユスフだ」

宮殿にはルウの笑い声と、ユスフの「待ちなさーい！」という叫び声が響いていた。


（了）

カフヴェで愛は試される

オスマネク帝国の皇族は、正妃との婚姻だけは厳格な儀式が行われる。正妃は皇族入りする上、視察や外遊などで同伴することもあるため、国内外に知らせる必要があるのだ。

「レヴェントさま、本当にやるんですか……」

白生地に金刺繍《きんししゅう》の入ったカフタンを着せられたユスフが、婚儀の間の入り口で怖《お》じ気《け》づいていた。この奥に、何百人という人が自分たちを待っていると思うと足が震えてしまう。

「当たり前だろう、ここにきて逃げられるなんて思わないことだ」

レヴェントが微笑《ほほえ》みながらユスフに手を差し伸べる。彼の纏《まと》う最高級のカフタンは、国花であるチューリップの刺繍があしらわれている。皇族しか着用が許されない上に、重要な祭儀でしか見ることができないものだ。

＋＋＋

後宮襲撃事件から一年。さまざまな手続きを経て、きょう、レヴェントとユスフは正式な伴侶《はんりょ》となる。

ユスフはすでに後宮では正室として扱われていたし、皇太子専属の騎士としても顔は知られていた。だが正式な婚儀となると、前代未聞の男の正室――かつ、いつかは皇帝の正室になるとあって、異を唱えたり顔をしかめたりする者も多かった。さらに、ルウをレヴェントの嫡男とする手続きも始まった。人間が第三皇子カヤに次ぐ王位継承権を持つことになるため、狼《おおかみ》獣人一族は特に反発した。狼獣人が握ってきた覇権はどうなるのか――と。

それを一喝したのが、皇后のギュナナだ。世継ぎにこだわっていたはずのギュナナが、ユスフの皇族入りも、ルウが継承権を得ることも、賛同したのだ。

反発する一族の者たちをこう言って黙らせた。

「国を最も憂える者こそ玉座にふさわしく、皇族も同様です。一族の覇権と保身ばかり考える者に、その資格はないのです。我が身かわいさから吠《ほ》えるのなら森でやりなさい」

ただ、ルウが皇位継承権を得ることには釘《くぎ》を刺した。

「しっかり学ぶのです。国の頂《いただき》に立つべき器かどうか、国民が見ていますよ」

そんな場面でルウが「そんなものになりたくないのじゃ」と泣き出したのには、その場にいた誰《だれ》もが驚いた。では何になりたいのかと尋ねると、こう答えたのだった。

「わんわん」

＋＋＋

帝国最強のわんわんを目指すルウは、婚儀の間でレヴェントとユスフの登場を待っている。きっと入場が遅いと心配するだろう。ユスフは覚悟を決めて、むんと顔を叩《たた》いた。

その様子をまぶしそうに見つめていたレヴェントは、ユスフの手を取った。

「では行こうか。祝福が待っている」

婚儀の間の扉が開き、差し込んだ日差しをレヴェントの銀髪が反射する。まぶしくて思わず目を細めた。光の中で二人を迎えたのは、色とりどりの花びらと大歓声だった。


厳かな婚姻の儀を終えた途端、ルウが駆け寄ってきた。レヴェントはルウを抱き上げ、参列者に顔を向けた。拍手と歓声が鳴り止《や》み、参列者は皇太子の言葉を待つ。ユスフも緊張しながら彼を見上げた。

レヴェントは婚儀に使用した聖典に手を置いた。誓いの言葉を述べるときの作法だ。

「私たちの婚儀を見届けてくれたことに感謝する。前例のないことだが、神がルウを私に遣わし、ルウがユスフを呼び、私は伴侶も子も一度に恵まれた。これほど神の采配《さいはい》に感謝したことはない。一度群れに入れた者を守れぬ者が将来、皇帝として国を治められるわけがない——とある方に叱咤《しった》されたが、まさにその通り。これまでの私の振る舞いに不安を抱く者もいるだろうが、よき伴侶、よき父となり、そして国民のよき皇帝を目指そう」

割れんばかりの拍手の中、レヴェントがこちらを見つめた。ユスフは深くうなずく。

「おれも、よき伴侶、よき父となって、あなたが信頼できる騎士になります」

二人で微笑み合うと、ルウが「ルウにもにっこりせんか」と怒っていた。

後宮に戻ると、妃たちが出迎えてくれた。そこには婚儀に参列していた妹ミネの姿も。笑顔で祝福しながら、飲み物やお菓子を準備してくれた。

ミネがカフヴェをレヴェントに出しながら「お兄ちゃんを、どうぞよろしくお願いします」と頭を下げた。レヴェントも微笑んでうなずく。

「生涯大切にしよう」

頭を上げたミネが、ところで、と笑みを浮かべた。

「ご存じですか？　国民の間では、花嫁の実家が花婿にお茶を出す風習があるんです。それがどんな味でも、花婿は懐の広さを示すためにお茶を飲み干す決まりなんです」

ユスフはぎょっとした。確かに砂糖の代わりに塩を入れたお茶を出す——という花婿を試すような風習はあるが、皇太子相手にするなんて誰が思いつくだろうか。

「ミネ、まさかレヴェントさまのカフヴェに……！」

「まさかまさかお兄ちゃん！　皇太子殿下にそんなことしたら不敬罪になっちゃう！」

心配してレヴェントの様子をうかがったが、いつものように飲み干して歓談していた。

（そうだよな、まさか皇太子の飲み物に塩なんて入れないよな）

ひとしきり歓談すると、レヴェントがルウを抱いて立ち上がった。

「それでは疲れたから部屋に戻ろう」

ユスフたちはみんなに見送られて、後宮の広間を出る。ミネや妃たちはまだ盛り上がっているようで、今夜はまだまだおしゃべりに花が咲きそうだ。

部屋に戻った瞬間、レヴェントが崩れ落ちた。その理由は――。

「あのカフヴェ……塩がたんまりと入っていた……」

（ミネ……本当にやるなんて！）

謝罪するユスフに、レヴェントは水を何杯も飲み干しながら笑った。

「私がカフヴェに口をつける瞬間、妃たちも母上すらもこちらを凝視していた。私は後宮妃全員に懐を試されたんだ」

花嫁の実家が花婿を試す――。みなしごのユスフのために、後宮妃たちがしてくれたのだと分かり、胸が熱くなる。

「そなたの〝実家〟を敵に回すと怖いからな。本意ではないが、生涯大切に大切に愛することにしよう」

仕方ないな、とレヴェントはユスフと眠り始めたルウを抱き込む。

ユスフはレヴェントと唇を重ねる直前、こうささやいた。

「嘘《うそ》がお上手ですね」

（了）

あとがき

こんにちは、滝沢晴です。このたびは「狼皇太子は子守り騎士を後宮で愛でる」をお迎えいただき、誠にありがとうございます。ラルーナ文庫さんの書籍としては二冊目となりました本作、いかがでしたでしょうか。

今回は舞台のモデルをトルコ、それもオスマン帝国時代にしました。衣装や建物、食文化などを調べるのも楽しかったです。皇帝のカフタンの刺繍が本当に美しくて……！

さて、キャラのお話を。今回は皇太子の表現に苦労しました。「いいのは顔だけの男」って好きなんですけど、書くとなんと難しいこと……。でもでも、書き上がってみると「あれ、もしかしてかっこいい？」と、自分の考えたキャラながらに思ってしまいました。

ユスフのまっすぐで純情なところや、ルウの高官おじさん口調も気に入っています。こんな癒やしのかたまりのような二人がいたら、レヴェントも毎日後宮に通っちゃうよねえ、などとニヤニヤしておりました。

思い入れがあるのは最終章の「選んだ道こそ最善」です。人生の岐路で、選べなかった道を思って沈んでいた私に、上司が「自分が選んだ道が最善の道だよ」と言ってくれたことがあります。それは今も道しるべに。たくさんの方にもらった言葉が自分の価値観の一部になっていくのだなあと、皇后ギュナナにこの台詞を言わせて、ふと思ったのでした。

お読みくださったみなさまは、どの場面やキャラがお好みだったでしょうか。お手紙やレビューなどで教えていただけますと、飛んで喜びます。

今回、kiwi先生が素敵なイラストをくださいました。帝国一にふさわしいレヴェントの美貌、ユスフの健気さ、ルウのふわぽよ感……ラフ画から毎日見入っていました。

最後になりましたが、担当さまをはじめ本作の制作・流通に携わってくださったみなさま、本当にありがとうございました。

何より、この本をお読みくださったあなたさまに、心よりお礼申し上げます。

平和な明日や未来がやってくるという〝当たり前〟に揺らぎを覚える昨今、少しでもこの物語が、読者のみなさまの癒やしになれたなら幸いです。

またお会いできますように。

滝沢晴

ラルーナ文庫

この本を読んでのご意見・ご感想・ファンレターなどお待ちしております。**〒111－0036　東京都台東区松が谷1－4－6－303　株式会社シーラボ「ラルーナ文庫編集部」**気付でお送りください。

本作品は書き下ろしです。

狼《おおかみ》皇《こう》太《たい》子《し》は子《こ》守《も》り騎士《きし》を後宮《こうきゅう》で愛《め》でる

2022年9月7日　第1刷発行

著　　者｜滝沢《たきざわ》晴《はれ》
装丁・DTP｜萩原 七唱
発 行 人｜曺 仁警
発 行 所｜株式会社 シーラボ
〒111-0036　東京都台東区松が谷1-4-6-303
電話　03-5830-3474／FAX　03-5830-3574
http://lalunabunko.com
発 売 元｜株式会社 三交社（共同出版社・流通責任出版社）
〒110-0016　東京都台東区台東4-20-9　大仙柴田ビル2階
電話　03-5826-4424／FAX　03-5826-4425
印刷・製本｜中央精版印刷株式会社

　ISBN978-4-8155-3273-4